U0077878

連英語講師、翻譯人員都震驚
趕快翻開這本書就不會老是錯用對話了

每天使用頻率破億次！
一般人最常錯的
英語會話就要這樣說！

連英語講師、翻譯人員都震驚
趕快翻開這本書就不會老是錯用對話了

每天使用頻率破億次！
一般人最常錯的
英語會話就要這樣說！

前言

長久以來，始終被誤認為是正確的英文錯誤用法，希望大家不要再錯下去了！這些語句雖然文法上沒有錯，但聽起來很不自然。對於經常利用網路上流傳的各種毫無根據的英語分享、或者是深怕被錯誤文法誤導的您來說，本書是經過長期驗證、相信會是值得您信賴的一本好書，因為：

1. 筆者在美國的十幾年生活經驗
2. 數萬名學生的教學經驗回饋
3. 20 萬名以上粉絲的即時體驗分享

看起來似乎是在自誇，
但我真心希望我的努力能讓各位安心，這就是我撰寫本書的目的。

我在美國生活了十幾年，2009 年回國後，
我一直在各個電視節目、現場或遠距教學，並且持續著作，
努力把正確度 100% 的英文傳播給更多的人，
現在這個努力也仍在持續中。

我想這本書能夠與大家見面的最大原因，
就是這些讓我能與數萬名學生一對一溝通的現場教學吧！

無論有多少學生願意學習，
我絕對不會放棄任何一名，
因為來自於學生的第一手資料以及他們的反饋，
都是透過直接對話和持續一對一的修正才獲得的。

學生們最常發生的錯誤、為何有這種錯誤，或者要如何更正這些錯誤……
這些都是鼓勵我撰寫本書的動機。

我不是為了賺錢才寫書，
若沒有豐厚的經驗與責任感，就不叫撰寫，而是生產。

為了讓各位不要再說出"Nice to meet you again！"這類錯誤，我以專業的經驗以及無數心血完成了這本書，希望能讓您收穫滿滿。

Eugene G. Beak 敬上

My love goes out to:
最愛的母親
最棒的工作人員、助教、學生們
以及協助本書出版的所有人士
I couldn't have done this without you.
Thank you all for your unconditional love and support.

200% 快速吸收本書內容的方法：

#使用頻率破億的英語會話

每個正確的句子盡量按照詞性來排序。

警告：更正後的句子若只用眼睛看過一遍，
100% 會再重複相同的錯誤。
1. 不斷自行造句。
2. 模仿情境大聲說出來。
3. 教導身邊的人。(效果 50000%，是最棒的方法)

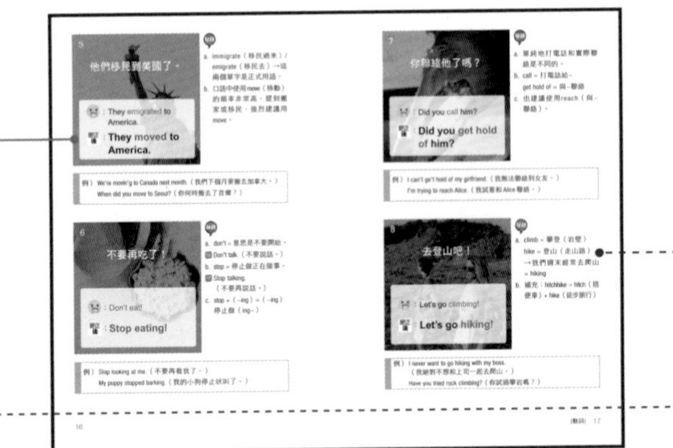

5
他們移民到美國了。
：They emigrated to America.
：They moved to America.

a. immigrate（移民過來）/ emigrate（移民去）→這兩個單字是正式用語。
b. 口語中使用move（移動）的頻率非常高，提到搬家或移民，強烈建議用move。

例）We're movin'g to Canada next month.（我們下個月要搬去加拿大。）
When did you move to Seoul?（你何時搬去了首爾？）

6
不要再吃了！
：Don't eat!
：Stop eating!

a. don't = 意思是不要開始。
Don't talk.（不要說話。）
b. stop = 停止做正在做事。
Stop talking.（不要再說話。）
c. stop +（-ing）=（-ing）停止做（ing-）

例）Stop looking at me.（不要再看我了。）
My puppy stopped barking.（我的小狗停止吠叫了。）

16

7
你聯絡他了嗎？
：Did you call him?
：Did you get hold of him?

a. 單純地打電話和實際聯絡是不同的。
b. call = 打電話給~
get hold of = 與~聯絡
c. 也建議使用reach（與~聯絡）。

例）I can't get hold of my girlfriend.（我無法聯絡到女友。）
I'm trying to reach Alice.（我試著和Alice聯絡。）

8
去登山吧！
：Let's go climbing!
：Let's go hiking!

a. climb = 攀登（岩壁）
hike = 登山（走山路）
→我們週末經常去爬山 = hiking
b. 補充：hitchhike = hitch（搭便車）+ hike（徒步旅行）

例）I never want to go hiking with my boss.（我絕對不想和上司一起去爬山。）
Have you tried rock climbing?（你試過攀岩嗎？）

[動詞] 17

#秘訣

除了更正後的句子，
同時也有使用情境、語調、單字、文法、例句等說明。
比起一味背誦，理解句子裡的單字、文法構造更重要。
可試著自己造句，用嘴巴唸出來的瞬間，就算不想背也已經記住了。

#現學現用

為測試自己對於本書內容是否已完全理解，
這裡的句子是隨機出題。
若換了單字也能脫口而出，
那麼就證明你對內容已經完全消化了。

#Bonus

這裡蒐集了一些值得背誦的句子，
只可惜不能再放多一點。^^

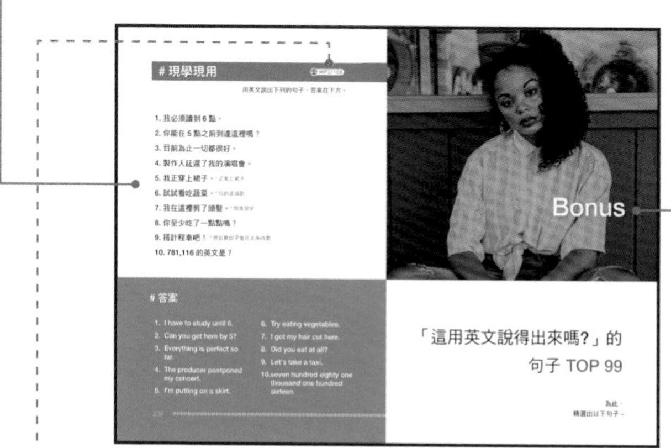

現學現用

用英文說出下列的句子，答案在下方。

1. 我必須讀到 6 點。
2. 你能在 5 點之前到達這裡嗎？
3. 目前為止一切都很好。
4. 製作人延遲了我的演唱會。
5. 我正穿上裙子。
6. 試試看吃蔬菜。
7. 我在這裡剪了頭髮。
8. 你至少吃了一點點嗎？
9. 搭計程車吧！
10. 781,116 的英文是？

答案

1. I have to study until 6.
2. Can you get here by 5?
3. Everything is perfect so far.
4. The producer postponed my concert.
5. I'm putting on a skirt.
6. Try eating vegetables.
7. I got my hair cut here.
8. Did you eat at all?
9. Let's take a taxi.
10. seven hundred eighty one thousand one hundred sixteen

Bonus

「這用英文說得出來嗎?」的
句子 TOP 99

為此，
精選出以下句子。

#MP3

本書附有外師發音MP3，可透過相關設備播放，或複製到手機聆聽。
雖然知道自己的錯誤在哪裡很重要，但更要清楚正確的發音和語調，因此建議要不斷地反覆重聽。

目錄

1 動詞

2 形容詞/副詞

3 名詞

4 介系詞/冠詞/其他

5 符號/格式

6 急用句 TOP 10

Bonus

不需痛苦

有效防止尷尬、預防丟臉

1 [動詞]

先用英文寫寫看，看寫對了幾個。 * 小心遭到打擊與驚嚇

你聽到那個消息了嗎？

不要再吃了！

去登山吧！

我正在上課！

我的手斷了！

不要躺在這裡！

不要吐在我車上！

你放屁了嗎？

你影印這個了嗎？

我打了Daniel。

[動詞] 1-20

Nice to meet you again!
很高興再次看到你！

「這句錯了嗎？」
錯了，因為……

1
很高興再次見到你。
: Nice to meet you again.
更正後 : Nice to see you again.

a. Nice to meet you.
= 很高興見到你。
→主要使用於第一次見面，因此後面有again不自然。

b. Nice to see you.
= 很高興見到你。
→用於以前見過面時，因此後面可以加 again。

例） Nice to meet you.（初次見面，很高興。）
Nice to see you again.It's been a year, right?
（很高興再次見到你，一年沒見了，對吧？）

2
不要再開我玩笑了。
“對開玩笑感到害羞”
: Stop making fun of me.
更正後 : Stop teasing me.

秘訣

a. make fun of = 拿~取笑
→用弱點、人身攻擊讓人心情不好。

例 對放屁很臭的朋友説：「你有什麼病嗎？」

b. tease = 輕微的開玩笑
→輕微的開玩笑，不會讓人心情不好。

例 對很久沒化妝的朋友説：「喔~今天很漂亮喔！」

例） Danny made fun of my name.（Danny 取笑我的名字。）
You're teasing me again.（你又開我玩笑了。）

MP3/001

3
要和我結婚嗎？
: Will you marry with me?
更正後
: Will you marry me?

秘訣

a. marry這個單字已經包含了「和～」的意思，因此不需with。

例 Marry with me. (✕)

Marry me. (◯)

b. 加了with就會犯了重複的錯誤。

例） I married a model.（我和一個模特兒結婚了。）
Why did you marry him?（你為何和他結婚？）

4
你聽到那個新聞了嗎？
: Did you listen to the news?
更正後
: Did you hear the news?

秘訣

a. listen to

=（主動/有意圖的）聽

hear =（被動/不小心）聽

→聽到

b. 若是戴耳機聽音樂，就是listen to music，若是在街上不經意聽到音樂就是hear music。

例） I was listening to Jay-Z's new album.（我正在聽Jay Z的新專輯。）
I hear your voice.（我聽到你的聲音。）

5
他們移民到美國了。
: They emigrated to America.
更正後 : They moved to America.

秘訣

a. immigrate（移民過來）/ emigrate（移民去）→這兩個單字是正式用語。
b. 口語中使用 move（移動）的頻率非常高。提到搬家或移民，強烈建議用 move。

例） We're movin'g to Canada next month.（我們下個月要搬去加拿大。）
When did you move to Seoul?（你何時搬去了首爾？）

6
不要再吃了！
: Don't eat!
更正後 : Stop eating!

秘訣

a. don't = 意思是不要開始。
例 Don't talk.（不要說話。）
b. stop = 停止做正在做事。
例 Stop talking.（不要再說話。）
c. stop +（~ing）= 停止做（ing~）

例） Stop looking at me.（不要再看我了。）
My puppy stopped barking.（我的小狗停止吠叫了。）

7
你聯絡他了嗎？
: Did you call him?
更正後 : Did you get hold of him?

秘訣

a. 單純打電話和實際聯絡是不同的。

b. call = 打電話給~

get hold of = 與~聯絡

c. 也建議使用reach（與~聯絡）。

例）I can't ge't hold of my girlfriend.（我無法聯絡到我女友。）

I'm trying to reach Alice.（我試著和 Alice 聯絡。）

8
去登山吧！
: Let's go climbing!
更正後 : Let's go hiking!

秘訣

a. climb = 攀登（岩壁）

hike = 登山（走山路）

→我們週末經常去爬山 = hiking

b. 補充：hitchhike = hitch（搭便車）+ hike（徒步旅行）

例）I never want to go hiking with my boss.

（我絕對不想和上司一起去爬山。）

Have you tried rock climbing?（你試過攀岩嗎？）

9
你相信外星人嗎？
: Do you believe aliens?
更正後
: Do you believe in aliens?

a. believe in = 相信~的存在
b. believe 動詞若沒有 in，就表示相信「某句話」

例 I don't believe in aliens.（我不相信外星人的存在。）
I don't believe the aliens.（我不相信外星人說的話。）

例） I believe in god.（我相信有上帝。）
Do you believe him?（你相信他說的話嗎？）

10
拿我的雨傘去吧！
: Bring my umbrella.
更正後
: Take my umbrella.

a. bring = 帶來

例 Bring it here.（把它帶過來。）

b. take = 帶走

例 Take this.（把這個帶走。）

c. 下雨天想要在她面前裝酷說了“Bring my umbrella.（交出我的雨傘）”，這樣就糗了！

例） You can take my car.（你可以開走我的車。）
Can you bring some cash?（你可以帶一些現金過來嗎？）

MP3/003

11
我正在聽兩門課。
: I'm listening to two classes.
更正後 : I'm taking two classes.

秘訣

a. 聽課的意思是「聽講」，因此不要用listen to（聽~的聲音）。

b. take a class = 聽講→聽課

例 I took this math class.
（我聽了這門數學課。）

例）Let's take this class together.（一起聽這門課吧！）
Don't take Professor Harrison's class.（不要聽 Harrison 教授的課。）

12
我正在上課。
: I'm listening to a class.
更正後 : I'm in a class.

秘訣

a. 「正在聽課」=「正在上課」，同樣不是聽聲音，因此不要用 listen to（聽~的聲音）。

b. be in a class
= 正在上課 → 正在聽課

例）I can't talk.I'm in a class.（我不能講話，正在上課。）
Are you in a class?（你正在上課嗎？）

13
來玩吧！
: Let's play!
更正後 : Let's hang out!

秘訣

a. play =（小孩子）玩耍
b. hang out =（大人）玩樂
c. hang out 的過去式是 hung out。

例） Boys, go out and play.（孩子們，出去玩吧！）
I hung out with Paris Hilton.（我和 Parris Hilton 去玩了。）

14
我正在路上！
: I'm coming!
更正後 : I'm on my way!

秘訣

a. be + ~ing
→除了進行式，已確定的未來計畫也可使用。
"I'mcoming！" 可能會被誤會成「準備要來」。
b. be on one's way = 在~路上
c. 想著「披薩怎麼還沒來？」時，We're coming. =「要來了。」（準備外送）
We're on our way.
=「正在路上。」
（外送中）

例） She's on her way.（她正在路上。）
Are you on your way?（你正在路上嗎？）

MP3/004

15
你正在找這個嗎？
: Are you finding this?
更正後
: Are you looking for this?

a. look for
= 要去找~（還沒找到）
find = 找到~（已經找到）

例 Did you look for your key?
（你要去找鑰匙了嗎？）
Did you find your key?
（你找到鑰匙了嗎?）

例） I'm still looking for my ring.（我還在找我的戒指。）
I've found my ring.（我找到戒指了。）

16
你今天看起來很可愛。
: You look like cute today.
更正後
: You look cute today.

a. 想說「看起來~」時，不能用 look like。

b. look +（形容詞）
= 看起來很（形容詞）
look like +（名詞）
= 看起來像（名詞）

例） You look mean.（你看起來很壞。）
You look like a mean person.（你看起來像一個壞人。）

17
我不想失去你。
: I don't want to loose you.
更正後
: I don't want to lose you.

秘訣

a. 多一個o，意思就完全不同，連發音也不同：
loose = 鬆垮的、遲緩的（形容詞）
lose = 失去、輸了（動詞）

例） This shirt is loose for me.（這件T恤對我來說太鬆了。）
Don't lose your hope.（別失去希望。）

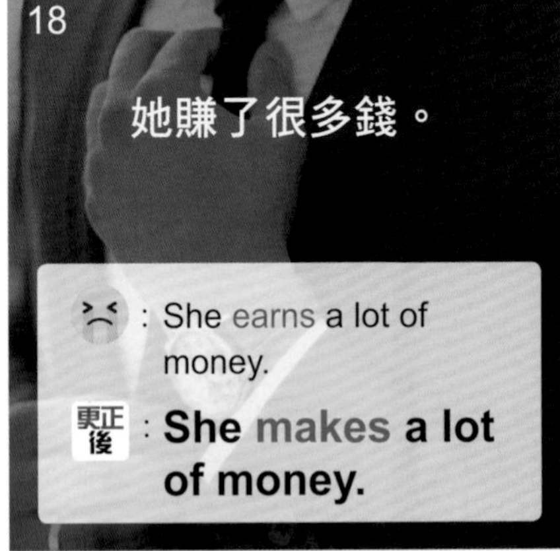
18
她賺了很多錢。
: She earns a lot of money.
更正後
: She makes a lot of money.

秘訣

a. 雖然earn money（賺錢）沒有錯，但make money（賺錢）包含的範圍更廣，口語上更常使用。
b. 建議earn和金額一起使用。

例 I earned $100,000.
（我賺了10萬美金。）

例） I want to make a lot of money.（我想賺很多錢。）
Angela earns $200,000 a year.（Angela一年賺20萬。）

MP3/005

19
你可以借我 5 元嗎？
: Can you borrow me $5?
更正後 : Can you lend me $5?

a. borrow = 借給
   lend = 借出
b. 借錢有幾種說法：
   ・Can I borrow $5?
   （我可以借 5 元嗎？）
   ・Can you lend me $5?
   （你可以借我 5 元嗎？）
   第一種說法較為常見。

例） Did you borrow money from your girlfriend?（你向女朋友借錢了嗎？）
Never lend your money to your friends.（絕對不要借朋友錢。）

20
我正在變胖。
: I'm getting weight.
更正後 : I'm gaining weight.

a. gain =（額外）得到
   gain weight
   =（額外）增重→變胖
b. 把 gain weight 當成片語記住。
c. get weight 意思是「額外的」，感覺像一次增加。

例） I've gained so much weight.（我變胖很多。）
I've gained 5kgs.（我胖了 5 公斤。）

現學現用

MP3/006

用英文說出下列的句子，答案在下方。

1. 別拿 Kenny 取笑。
2. 請和我結婚。
3. Teddy 去年移民到義大利了。
4. 不要再打電話給我！
5. 你聯絡上司了嗎？
6. 把錢拿去。
7. 我正在聽 5 門課。
8. 你去哪裡玩了？
9. 我正在找我女朋友。
10. 你今天看起來不一樣。

答案

1. Don't make fun of Kenny.
2. Please marry me.
3. Teddy moved to Italy last year.
4. Stop calling me!
5. Did you get hold of your boss?
6. Take this money.
7. I'm taking five classes.
8. Where did you hang out?
9. I'm looking for my girlfriend.
10. You look diffrent today.

[動詞]
21 → 40

I slept at 1.
我 1 點睡覺。

「這句錯了嗎？」
錯了，因為……

21
我想和你約會。
: I want to date with you.
更正後 : I want to date you.

a. date本身已經包含「和~約會」的意思，不需加with。

例 Date with me. (×)
Date me. (○)

b. 補充：have a date（約會）的 date 是名詞，此時就需使用 with。

例） Jenny only dates younger guys.（Jenny 只和年紀較小的男生約會。）
Ashley had a date with Eugene.（Ashley 和 Eugene 約會了。）

22
我的英文進步了。
BUSINESS
: My English was improved.
更正後 : My English improved.

a. improve 意思是「使進步」或是「有進步了」

b. 表示「有進步」，不需要使用被動態。

例 My English is improving.
（我的英文正在進步。）

c. 更不可使用 increase（增加）。

例） Their performance is improving.（他們的表現有進步。）
The patient's condition has improved.（病人的狀態正在好轉。）

MP3/007

23
我可以加入你們嗎？
: Can I join with you?
更正後
: Can I join you?

a. join 是「加入~/與~一起」已包含 with 的意義在內。

例 Join with us. (×)
Join us. (○)

b. Join with 感覺重複了。

例） Would you like to join us?（你想加入我們嗎？）
Join us for dinner.（和我們一起晚餐吧！）

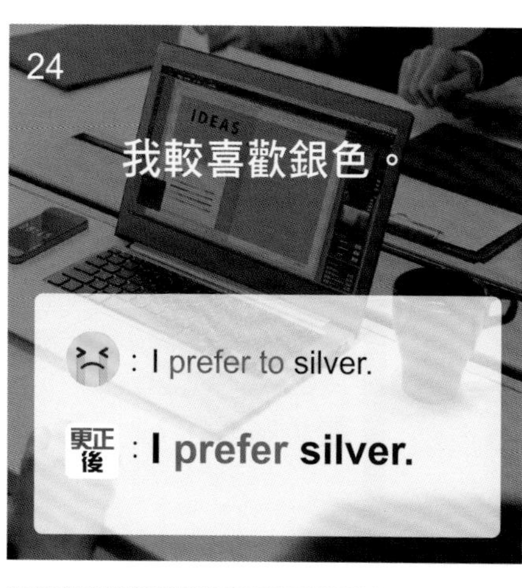
24
IDEAS
我較喜歡銀色。
: I prefer to silver.
更正後
: I prefer silver.

a. prefer A + to B = 與 B 比起來，較喜歡 A。

b. 若不實際用看看，就可能會不自覺加 to。to B 可加可不加。

c. 若沒有 B 的比較對象，就不需加 to。

例） I prefer sports cars.（我較喜歡跑車。）
I prefer sports cars to SUVs.（比起 SUV，我更喜歡跑車。）

25
穿這件洋裝。
: You wear this dress.
更正後
: Wear this dress.

秘訣

a. 在命令句前面加上 you，會讓人感到粗魯無禮，引起對方的誤會或傷害。

b. 建議命令句用原形動詞開始。

例 You be quiet.
（你安靜一點。）
Be quiet.（安靜點。）

例） Clean up your room.（收拾你的房間。）
You clean up your room!（叫你收拾房間！）

26
一定要回來！
: Absolutely come back!
更正後
: Make sure to come back!

秘訣

a. absolutely、definitely、totally 等單字不管怎麼加，都不會有「一定」的感覺。

例 Absolutely call me!
→這就是不自然的句子。

b. make sure to +（動詞）= 一定要~

例 Make sure to call me!
（一定要打電話給我！）

例） Make sure to pay me back.（一定要還我錢。）
Make sure to wake me up.（一定要叫醒我。）

MP3/008

27
你應該交個女友。
: You had better find a girlfriend.
更正後 : You should find a girlfriend.

a. had better
= 含有警告的意味
→ 意思是「最好~」

b. should = 給予建議、忠告
→ 意思是「應該」

c. 沒有女友也不是什麼錯，不應使用 had better。

例） You should lose weight.（你應該減重。）
You shouldn't smoke.（你不應該抽菸。）

28
來討論那件事吧！
: Let's discuss about it.
更正後 : Let's discuss it.

a. 英文是「討論某事」，而不是「討論有關某事」，因此不需加 about。

例 我們稍後再討論。
Let's discuss about it later. (×)
Let's discuss it later. (○)

例） Why don't we discuss this matter?（我們何不來討論一下這件事？）
We already discussed that issue.（我們已經討論過這個問題。）

29
我想她不喜歡我。
: I think she doesn't like me.
更正後 : I don't think she likes me.

a. 雖然I think後面加否定句並不是錯誤，但I don't think加肯定句會更自然。

例 I think you are not cute.
→I don't think you are cute.
（我覺得你不可愛。）

例） I don't think you're selfish.（我覺得你不自私。）
I don't think it's true.（我認為這不是真的。）

30
我變瘦了。
: I've lost my weight.
更正後 : I've lost weight.

a. 我運動節食，所以當然減掉的是我的體重。
→不需加上所有格my、your。

b. lose weight = 變瘦、減重

c. 也可使用drop weight。

例） Have you lost weight?（你減重了嗎？）
I'm not losing any weight.（我沒有變瘦。）

MP3/009

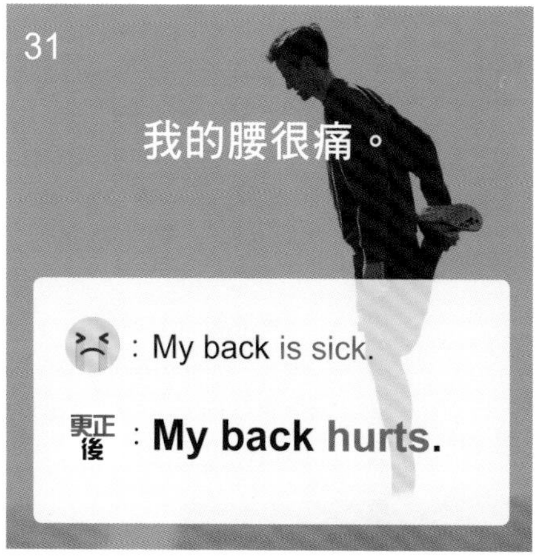

31
我的腰很痛。
: My back is sick.
更正後 : My back hurts.

a. sick = 痛的（形容詞）
→表示整個人是生病的狀態。
hurt = 痛（動詞）
→表示有物理上的痛症。

b. 因為胃炎，所以胃痛。
→hurt
因為痛症，所以整個人都是生病的狀態→sick

例 My stomach hurts so I'm sick.
（因為胃痛，所以我生病了。）

例） My knee hurts a lot.（我的膝蓋很痛。）
My brother is sick in bed.（我哥哥生病躺在床上。）

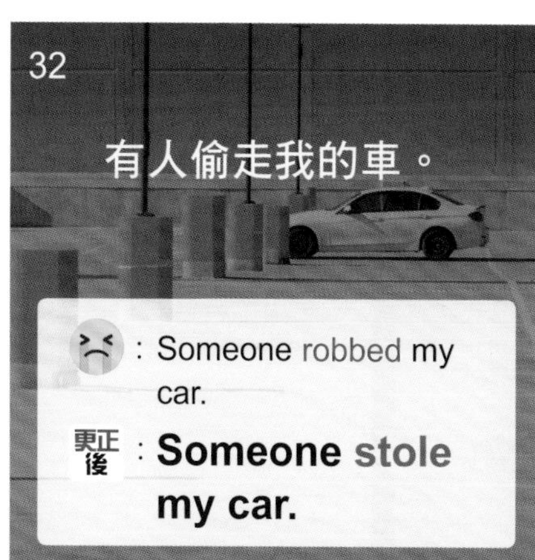

32
有人偷走我的車。
: Someone robbed my car.
更正後 : Someone stole my car.

a. rob = 搶劫（地點或人）
steal = 偷（東西）

b. 強盜竊取（steal）銀行的錢，就是搶劫（rob）銀行。

例） They robbed my office.（他們搶劫了我的辦公室。）
They even stole my files.（他們甚至偷了我的文件。）

33
我 1 點睡覺。
: I slept at 1.
更正後 : I went to bed at 1.

秘訣

a. go to bed = 去睡覺

b. 因為沒有人知道精準的入睡時間，所以邏輯上應該是「幾點去睡覺（go to bed）」，而不是「幾點睡著（sleep）」。補充：sleep 是指已經入睡的狀態。

c. 也可使用 go to sleep。

例） I went to bed late.（我晚睡。）
What time did you go to sleep?（你幾點睡覺？）

34
不要躺在這裡。
: Don't lay down here!
更正後 : Don't lie down here!

秘訣

a. lie = 躺
lay = 放平

b. 這是連母語人士也經常搞混易犯的錯誤，因此不用太自責。

c. 躺→lie-lay-lain
放平→lay-laid-laid

例） He's lying on the floor.（他躺在地上。）
I laid my baby on the bed.（我把孩子放在床上。）

35
那個饒舌歌手獲得了我的尊敬。
: The rapper got my respect.
更正後 : The rapper earned my respect.

a. get = 得到
earn =（因努力）得到
b. 突然從父母那裡得到錢，是get money，努力工作賺錢是earn money。

例）I earned her trust.（我獲得了她的信任。）
I want to earn your respect.（我想要獲得你的尊敬。）

36
我休學一學期。
: I took a leave of absence.
更正後 : I took a semester off.

a. take a leave of absence
= 休學
→雖然沒錯，但口語中使用顯得有點正式。
b. take a semester off
（from school）
= 休學一學期
也可把a semester替換成two semesters, a year等。

例）I took two semesters off.（我休學兩個學期。）
I took a year off from school.（我休學一年。）

37
你贏不了我。
: You can't win me.
更正後
: You can't beat me.

a. win = 贏（遊戲、考試等）
beat = 贏（人）、打破（別人的紀錄）

例 I won the game / by beating his score.
（我贏了遊戲/贏過了他的分數。）

b. beat 的過去式也是 beat。

例） Can you beat this record?（你能打破這個紀錄嗎？）
We can't win this game.（我們無法贏得這個遊戲。）

38
我完全慌了。
: I was so embarrassed.
更正後
: I didn't know what to do.

a. 「慌了」的意思是對於突然發生的事不知道該怎麼辦，因此不可使用 embarrassed（尷尬的）。問題在於很多字典會把 embarrassed 解釋為侷促不安。

例 朋友醉到在路上跳起舞來，我會感到embarrased。

b. don't know what to do
= 不知道該怎麼做→慌了

例） When I kissed her, she didn't know what to do.
（當我親她時，她就慌了。）
You didn't know what to do, huh?（你不知道該怎麼辦，嗯？）

MP3/011

39
我升職了！
: I promoted!
更正後 : I got promoted!

a. promote意思不是「升職」，而是「使升職」。
b. 必須使用被動態（get promoted / be promoted），才表示「升職」。
c. 若不習慣，也可使用get a promotion（升職）。

例） I didn't get promoted.（我沒有獲得升職。）
I want to get a promotion.（我想升職。）

40
我參加這個表演。
* 積極參與
: I attended the show.
更正後 : I participated in the show.

a. attend = 出席
→ 單純只是去看看。
例 attend 足球比賽，只是觀看。
b. participate in = 參與
→ 積極參與
例 在足球比賽中奔跑，因為participate in，所以腳痠。

例） I attended the seminar but I didn't participate in it.
（我出席了研討會，但我沒有參與。）
Please participate in the class.（請參加這門課。）

現學現用

MP3/012

用英文說出下列的句子，答案在下方。

1. 一切都在好轉。
2. 我休學了 2 年。
3. 我比較喜歡雙人床。
4. 一定要點炸雞。
5. 你應該不要再打電話給她了。
6. 昨天我們討論過了嗎？
7. 我覺得你不笨。
8. 我的左手很痛。
9. 我們 10 點去睡覺了。
10. 你何時升職了？

答案

1. Everything is improving.
2. I took 2 years off (from school).
3. I prefer a double bed.
4. Make sure to order chicken.
5. You should stop calling her.
6. Did we discuss this yesterday?
7. I don't think you're stupid.
8. My left arm hurts.
9. We went to bed at 10.
10. When did you get promoted?

[動詞]
41 → 60

Close your eyes
閉上眼睛。

「這句錯了嗎？」
錯了，因為……

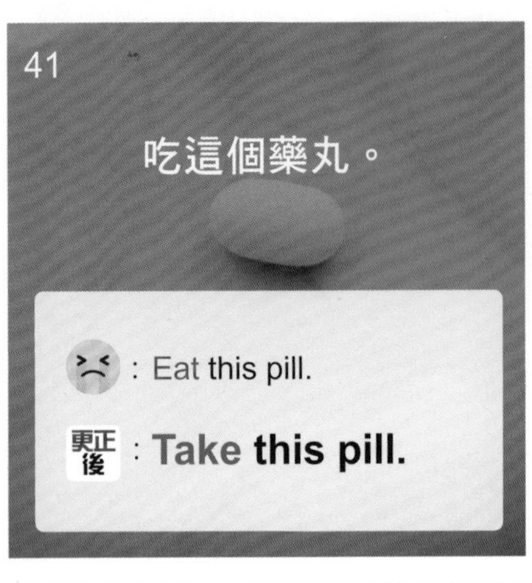
41
吃這個藥丸。
: Eat this pill.
更正後
: Take this pill.

秘訣

a. eat = 吃

take = 服用

→ 藥不是吃，是服用。

b. 也可用在vitamins。

例 I didn't take any vitamins today.

（我今天沒有吃維他命。）

例） Stop taking the pills.（不要再吃這個藥丸了。）

How many pills should I take?（我該吃幾顆藥丸？）

42
我的手斷了。
: My arm was broken.
更正後
: I broke my arm.

秘訣

a. 就算不是故意弄斷，也建議使用主動形（只要不是強調被什麼弄斷）。

例 我的肋骨斷了。

= My rib was broken.

→I broke my rib.

b. sprain（扭傷）/fracture（斷裂）也是一樣。

例） Alison broke her finger.（Alison 的手指斷了。）

I sprained my ankle.（我扭到腳踝了。）

43
不要再抽菸了。
: Stop smoking.
更正後
: Quit smoking.

秘訣

a. stop = 停止
→可能指暫時停止或是完全停止。

b. quit = 完全停止
→明確表示是完全停止。

例） You should quit drinking.（你應該停止喝酒。）
I want to quit working here.（我想在這裡停止工作。）

44
我正在吃午餐。
: I'm eating lunch.
更正後
: I'm having lunch.

秘訣

a. eat = 吃
→建議只用在食物上。

例 steak, pasta, soup, etc.

b. have = 吃
→可用在食物或表示「用餐」。

例 spaghetti, dinner, dessert, etc.

c. 兩者交換使用也無妨。

例） Let's eat fried chicken!（來吃炸雞吧！）
Let's have brunch together!（來吃早午餐吧！）

45
我把火滅了。
: I turned off the fire.
更正後 : I put out the fire.

秘訣

a. turn off （a light）
   = 關（燈）
   put out （a fire）
   = 滅（火）
b. 奇怪的是很多人都不太這樣用。
c. 也可使用extinguish（a fire）。
   →這個用法更為正式。

例） I tried to put out the fire.（我試著滅火。）
Please put out your cigarette.（請把菸蒂熄滅。）

46
這個適合你。
* 指風格
: It fits you.
更正後 : It suits you.

秘訣

a. fit =（尺寸）適合
   suit =（風格）很適合
b. fit和suit後面不加for。

例 It suits for you. (×)
It suits you. (○)

例） This blouse fits you.（這件上衣適合你。）
This blouse suits you.（這件上衣適合你。）

MP3/014

47
我和弟弟玩。
: I hanged out with my brother.
更正後 : I hung out with my brother.

a. hang 的意思是「玩耍」時，過去式是 hung。

b. hang的意思是「上吊」時，過去式是 hanged。

c. “I hanged……” 這樣的句子會嚇死人的。

例）We hung out in Las Vegas.（我們去拉斯維加斯玩了。）
The murderer hanged himself.（那個兇手自縊了。）

48
你變了。
: You are changed.
更正後 : You have changed.

a. change 除了「改變」，也有「轉變」的意思，因此某個事物轉變時，不需使用被動態。

b. 被動態用來強調因某事改變。

例 This logo was changed by the designer.（這個商標被設計師改了。）

例）The scene changed.（場景變了。）
My number has changed.（我的電話號碼改了。）

49
不要在這裡吵架。
: Let's don't fight here.
更正後
: Let's not fight here.

秘訣

a. 很多人都知道「來~吧！」的用法，但不知道「不要~吧」。

b. Let's +（動詞）
= 來~吧！
Let's not +（動詞）
= 不要~

c. Let's don't/Don't let's都是錯的。

例）Let's not forget.（不要忘了！）
Let's not talk about it.（不要説這個。）

50
你嚇到我了啦！
: You surprised me!
更正後
: You scared me!

秘訣

a. surprise =（正面/中立）使驚喜
scare =（負面）使驚嚇

b. 也可把scare改成俚語 freak out（使驚慌失措）。

例）I surprised her with this diamond ring.（我用鑽戒讓她驚喜。）
I scared her with this zombie mask.（我用殭屍面具嚇到她了。）

MP3/015

51
不要吐在我車上！
: Don't overeat in my car!
更正後
: Don't throw up in my car!

秘訣

a. overeat = 過食
throw up = 嘔吐
→向想吐的朋友說「不要吃太多」。

b. overeat 有點正式，建議可說 eat too much（吃太多）。

例） I overate so I threw up.（我過食，所以吐了。）
I think I ate too much.（我想我吃太多了。）

52
這裡有很多可愛的男生。
: There is a lot of cute guys here.
更正後
: There are a lot of cute guys here.

秘訣

a. There is +（單數名詞）= 有~
There are +（複數名詞）= 有很多~

b. 雖然口語經常忽略，但寫字時絕對要注意。

例 There is a lot of problems.（只可用於口語）

例） There are many nice people in the world.（世界上有很多好人。）
There are 7 cars in my garage.（我的車庫裡有7台車。）

53
我做了一些三明治。
: I cooked some sandwiches.
更正後 : I made some sandwiches.

a. cook = 煮（加熱）

→三明治不是用料理的

例 泡菜湯、排骨湯、義大利麵等。

b. make = 做

→可用於所有料理。

例 沙拉、三明治、冰淇淋、排骨湯等。

例） Can you cook pasta for me?（你可以煮義大利麵給我嗎？）

I'll make salad for breakfast.（我會做三明治當早餐。）

54
我們其中之一喜歡你。
: One of us like you.
更正後 : One of us likes you.

a. one of （複數名詞）

=（複數名詞）中之一

→動詞應該配合 one（第三人稱單數）。

例 他們其中一位是女士。

One of them are a woman. (×)

One of them is a woman. (○)

例） One of the girls is a ghost.（那些女生其中之一是鬼。）

One of these eyeliners is mine.（這些眼線筆其中一支是我的。）

MP3/016

55
把雞肉解凍。
: Melt this chicken.
更正後
: Defrost this chicken.

a. melt = 溶解

例 冰→水

b. defrost = 解凍

c. 特別是指在室溫中慢慢解凍，經常使用 thaw。

例 Thaw this salmon.
（解凍這條鮭魚。）

例） The heat is melting the ice.（熱氣正在融化冰塊。）
Defrost it in the microwave.（把它放在微波爐裡解凍。）

56
我那門課沒過。
: I failed in the class.
更正後
: I failed the class.

a. 不是指「在考試或課堂上」不及格，而是考試或課程本身不及格。

b. 因此 fail（不及格）後面不需要 in/on（在…）。

例 我那個考試不及格。
I failed on the test. (×)
I failed the test. (○)

例） I might fail this test.（我的考試可能不及格。）
You must not fail this class.（你這門課必須通過。）

57
你這個背起來了嗎？
: Did you remember this?
更正後 : Did you memorize this?

a. memorize = 背誦
 remember = 想起來

例 Memorize this password now + so you can remember it later.
（現在背這個密碼+以後你可以想起來。）

b. 雖然看起來理所當然，但是發生錯誤的機率很高。

例） Can you memorize this?（你可以背這個嗎？）
Do you remember this?（你記得這個嗎？）

58
我和他離婚了。
: I divorced with him.
更正後 : I divorced him.

a. divorce 本身已包含「和~離婚」。

b. divorce with 有重複累贅的感覺。

c. 之前提到的 marry 和 date 也是相同的。

例 I dated him, married him, and divorced him.
（我和他約會、和他結婚、和他離婚。）

例） When did you divorce Andrew?（你何時和 Andrew 離婚的？）
My wife is trying to divorce me.（我太太正試著和我離婚。）

MP3/017

59
你放屁了嗎？
: Did you break wind?
更正後 : Did you fart?

a. break wind 在字典上雖然也是「放屁」，但使用的頻率很低，語氣上也不自然。
b. fart 最為適合。
c. 若要正式一點，建議使用 pass gas / release gas。

例） I just farted.I'm sorry.（我剛剛放屁了，對不起。）
Who farted?（誰放屁了？）

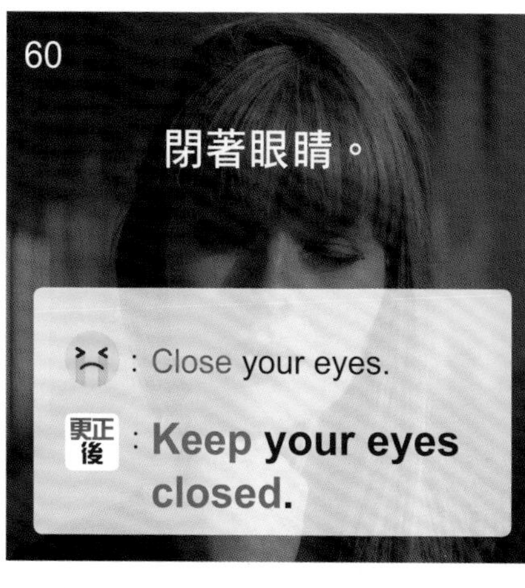
60
閉著眼睛。
: Close your eyes.
更正後 : Keep your eyes closed.

a. 若要叫人做某個行為，用動詞開始。
例（把眼睛閉上。）
b. 若要叫人持續某個行為，用 keep 開始。
例 Keep your eyes closed.（眼睛閉著。）
c. Keep ＋（受詞）＋（形容詞）＝ 把（受詞）維持在（形容詞）的狀態

例） Open your eyes.（張開你的眼睛。）
Keep your eyes open.（把眼睛睜著。）
*這裡的 open 當作形容詞用，意思是「打開著的」。

現學現用

MP3/018

用英文說出下列的句子，答案在下方。

1. 你吃了這個藥丸？
2. 你會做冰淇淋嗎？
3. 他們其中之一在說謊。
4. 我和朋友們去明洞玩了。
5. 我的腳斷了。
6. 今天不要哭。
7. 不要吐在我房間。
8. 你這門課沒過嗎？
9. 你記得我的名字嗎？
10. 我在你房間放屁了。

答案

1. Did you take this pill?
2. Can you make ice cream?
3. One of them is lying.
4. I hung out with my friends in Myeong-dong.
5. I broke my leg.
6. Let's not cry today.
7. Don't throw up in my room.
8. Did you fail this class?
9. Do you remember my name?
10. I farted in your room.

GAP

[動詞] 61 → 80

I hit Mike。
我打了 Mike。

「這句錯了嗎？」
錯了，因為……

61
你好嗎？
: How do you do?
更正後
: How's it going?

秘訣

a. 不管是再怎麼初次見面，“How do you do?” 也太過正式了。

b. “How's it going?” 可用於初次見面或再次見面。

例） A: Hello.（哈囉）
B: Hi, how's it going?（嗨，你好嗎？）

62
你影印這個了嗎？
: Did you copy this?
更正後
: Did you make a copy for this?

秘訣

a. copy = 抄寫、模仿

例 Don't copy my style.
（不要模仿我的風格。）

b. make a copy for = 影印

例 I made a copy for it.
（我影印了這個。）

例） I made 20 copies.（我影印了 20 份。）
Make 5 copies for this.（把這個影印 5 份。）

MP3/019

63
休息一下。
：Take a rest.
更正後：Get some rest.

a. take a rest（休息）雖然字典上有這個意思，亞洲人也這麼教，但實際上母語人士卻幾乎都不使用。

b. 可使用get some rest或take a break。

例）You look tired.Get some rest.（你看起來疲倦，休息一下。）
Let's take a break.（休息一下吧！）

64
來開派對吧！
：Let's open a party!
更正後：Let's throw a party!

a.「開派對」使用的動詞不是open，而是throw。

b. 注意，throw的過去式是threw。

c. 建議也可使用相同意思的give a party。

例）I enjoy throwing parties.（我喜歡開派對。）
My friends threw a farewell party for me.（我的朋友們為我舉辦了歡送會。）

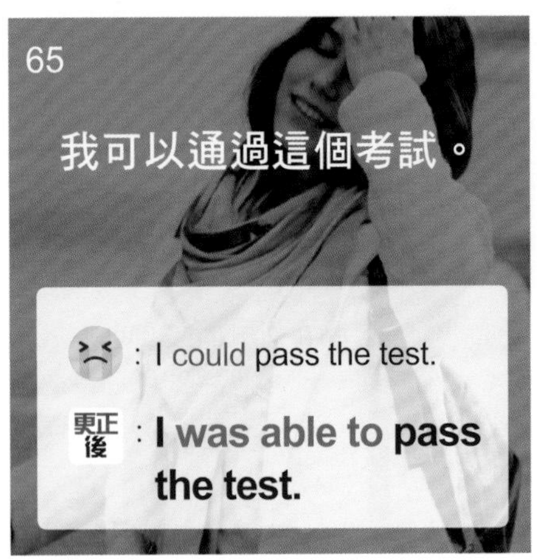
65
我可以通過這個考試。
: I could pass the test.
更正後 : I was able to pass the test.

秘訣

a. 回想過去做到的事時，用 was/were able to 代替 could。

例 我能準時到達。

I could arrive on time. (×)

I was able to arrive on time. (○)

b. 感官動詞可用 could。

例 I could see her.

（我能看見她。）

例） I was able to talk to her.（我能和她說話。）

I could hear her voice.（我能聽見她的聲音。）

66
來喝酒吧！
: Let's drink alcohol.
更正後 : Let's drink.

秘訣

a. drink（喝）的後面不加飲料種類時，直覺會想到喝酒。

例 I drank with Kay.

（我和Kay喝酒了。）

b. 雖然 drink alcohol 沒有錯，但不需這樣用。

例） Did you drink last night?（你昨晚喝酒了嗎？）

Who are you drinking with?（你正在和誰喝酒？）

MP3/020

67
平安到家了嗎？
：Did you arrive home safely?
更正後：Did you get home safely?

秘訣

a. arrive at/in = 到達

get to = 到達、去某處

b. get to也經常用於近距離的地方，感覺更隨意，包含的範圍更廣。

例 How did you get to school?

（你怎麼去學校的？）

例）I got here at 3.（我3點時到達這裡。）

How do I get to the building?（我要怎麼去那棟建築？）

68
他們輕視我。
＊遭到嘲笑時
：They ignored me.
更正後：They looked down on me.

秘訣

a. ignore = 忽視

→假裝看不到的感覺。

例 She saw me but ignored me.

（她看到了我，卻假裝沒看到。）

b. look down on = 輕視

→瞧不起的感覺

例 She looked down on my family.

（她瞧不起我的家人。）

例）Don't ignore my warning.（不要忽視我的警告。）

Don't look down on me just because I'm poor.

（不要因為我很窮而輕視我。）

69
這個可以試穿嗎？
: Can I put this on?
更正後
: Can I try this on?

秘訣

a. put something on = 穿
   try something on = 穿穿看
b. 在試衣間試穿衣服用put on會非常不自然。
c. 補充：throw something on = 匆忙穿上

例） Would you like to try this on?（你想試穿這個嗎？）
Try it on.（穿穿看這個。）

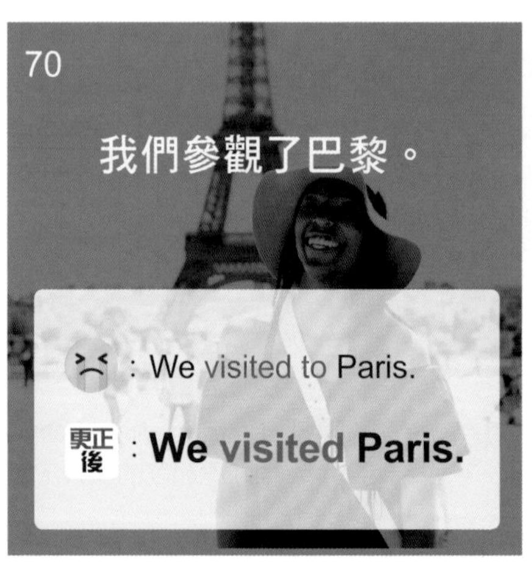
70
我們參觀了巴黎。
: We visited to Paris.
更正後
: We visited Paris.

秘訣

a. 這是把 visit 與 go 混淆的錯誤。
b. 因為不是在某處參觀，而是參觀某處，因此不需加 to。

例） Have you visited Korea before?（你以前拜訪過韓國嗎？）
The CEO visited our factory.（CEO 來我們工廠參觀。）

MP3/021

71
你在合約上簽名了嗎？
: Did you sign on the contract?
更正後 : Did you sign the contract?

a. sign（簽名）已包含了「在～」，因此在文件上簽名時，不需要 on。

例 在支票上簽名。

Sign on this check. (×)

Sign this check. (◯)

例）I forgot to sign the form.（我忘記在表格上簽名了。）

Don't sign the letter yet.（不要在這封信上簽名。）

72
我正在運動。
* 舉槓鈴時
: I'm exercising right now.
更正後 : I'm working out right now.

a. exercise = 運動

→指與地點無關、廣義的運動。

b. work out = 運動

→特別指在健身房重量訓練的運動。

例）Walking is good exercise.（走路是很好的運動。）

I'm working out in the gym.（我正在健身房運動。）

73
派對在首爾舉行。
: The party happened in Seoul.
更正後
: The party took place in Seoul.

秘訣

a. happen
= (未經計劃的事) 發生
例 天災、事故等
b. take place
= (計畫好的事情) 舉行
例 研討會、會議、婚宴等

例) The car accident happened yesterday. (昨天發生了車禍事故。)
The film festival took place in Busan. (這個電影節在釜山舉行。)

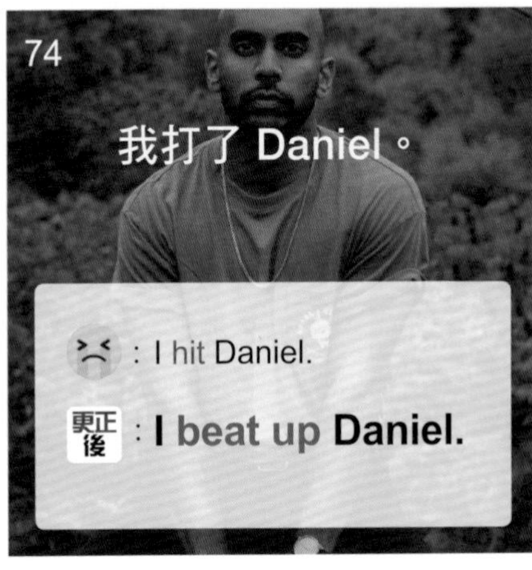
74
我打了 Daniel。
: I hit Daniel.
更正後
: I beat up Daniel.

秘訣

a. hit = 打擊
beat (up) = 打、揍
b. 反覆多次的 hit 就是 beat (up)。
c. beat 的過去式也是 beat。

例) I can beat you up. (我會打你。)
Who beat you? (誰打了你?)

MP3/022

75
你有預約嗎？
: Did you reserve?
更正後 : Did you make a reservation?

a. 使用 reserve（預約）時，必須提到預約的內容。

例 I reserved. (×)
I reserved the room. (○)

b. make a reservation（預約）不需加受詞。

例）I reserved a table.（我預約了座位。）
I made the reservation.（我有預約。）

76
我以為你回來了。
: I thought you came back.
更正後 : I thought you would come back.

a. would 是 will（將會~）的過去式。

b. 動詞前面必須有 would，才表示「（在過去時間點向前）將會」

例 I thought / you would love me.
（我以為/你會愛我。）

例）I thought you would like me.（我以為你會喜歡我。）
I knew you would help me.（我知道你會幫我。）

77
我期待見到你。
: I look forward to meet you.
更正後 : I look forward to meeting you.

秘訣

a. look forward to = 期待
→不要因為有to就自動想到「to原形動詞」。
例 I look forward to hear from you. (×)
b. 這裡的 to 後面一定是加名詞或 ~ing。

例） I'm looking forward to the party.（我期待派對。）
I'm looking forward to going to the party.（我期待去派對。）

78
這個減肥課程有用。
: This diet program is effective.
更正後 : This diet program works.

秘訣

a. effective = 有效的（形容詞）
b. work = 有用（動詞）
→雖然有效果，但沒有效果大小的意思。
c. work 一定要當成動詞。
例 It is work. (×)
It works. (〇)

例） My plan was effective.（我的計畫很有效。）
My plan worked.（我的計畫有用。）

MP3/023

79
她不可能是你女朋友。
: It's impossible that she's your girlfriend.
更正後 : She can't be your girlfriend.

a. impossible（不可能的）給人非常沉重的感覺，並讓句子看起來累贅。

b. can't be +（名詞）= 不可能是（名詞）

例 You can't be my sister!（妳不可能是我妹妹！）

例） You can't be a model.（你不可能是模特兒。）
Amy can't be a millionaire.（Amy 不可能是百萬富翁。）

80
請為 Thompson 鼓掌！
: Clap for Mr. Thompson!
更正後 : Give it up for Mr. Thompson!

a. clap（拍手）只集中在拍手的動作。

例 My baby is clapping.（我的孩子在拍手。）

b. 介紹或稱讚別人時，用「give it up for 人！」= 為~鼓掌！

例） Let's give it up for Michael Jackson!（來鼓掌歡迎 Michael Jackson！）
Please give it up for Eminem!（請為Eminem鼓掌！）

現學現用

MP3/024

用英文說出下列的句子，答案在下方。

1. 把這個影印 10 份。
2. 我休息一下了。
3. 我能完成這個。
4. 我們期待和你工作。
5. 來健身房運動吧！
6. 那個研討會在加州舉行。
7. 我為女友舉行了派對。
8. 你為何忽視我？
9. 這個沒有用。
10. 請為 Madonna 鼓掌！

答案

1. Make 10 copies for this.
2. I got some rest.
3. I was able to finish it.
4. We look forward to working with you.
5. Let's work out in the gym.
6. The seminar took place in California.
7. I threw a party for my girlfriend.
8. Why did you ignore me?
9. It doesn't work.
10. Please give it up for Madonna!

2 [形容詞/副詞]

先用英文寫寫看，看寫對了幾個。 * 小心遭到打擊與驚嚇

我是笨蛋。

我小時候有點可愛。

我羨慕你。

你的工作表現令人感動。

他失蹤了。

你發脾氣了嗎？

我工作到很晚。

這首歌特別好。

這部電影的結尾有反轉。

時間到了。

[形容詞/副詞] 1-20

Call me everyday.
每天打給我。

「這句錯了嗎？」
錯了，因為……

1
你是笨蛋。
: You're stupid.
更正後 : You're silly.

a. 依據氣氛、口氣或與對方的關係，意思會有所不同。

stupid = 笨、智力低下的

silly = 犯傻的、可笑的

b. 向傻呼呼、愛撒嬌的孩子說“You're stupid.”，感覺像「你這個笨蛋」。

例： My boyfriend is stupid.（我的男友很愚笨。）
My boyfriend is sometimes silly.（我的男友偶爾會犯傻。）

2
7 點整見。
: I'll see you at 7:00 on time.
更正後 : I'll see you at 7:00 sharp.

a. on time（準時）無法與時間混用。

例 10:00 on time (×)

b. 把 on time 換成 sharp 就有「正好」的感覺。

例 10:00 sharp (○)
（10 點整）

例： I'll see you at 12 o'clock sharp!（12 點整見！）
I'll pick you up at 5:30 sharp.（我會在 5 點 30 分準時接你。）

MP3/025

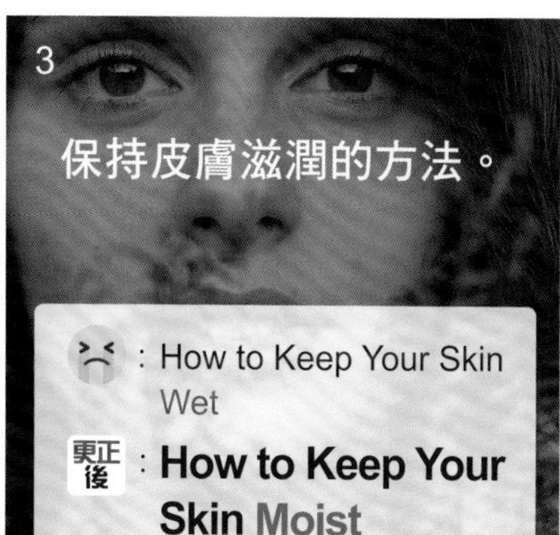
3
保持皮膚滋潤的方法。
: How to Keep Your Skin Wet
更正後 : How to Keep Your Skin Moist

秘訣

a. 電視劇裡拿水往人的臉上潑的程度，才是 wet。

b. 濕度：

★☆☆ moist = 濕潤的

★★☆ wet = 濕的

★★★ soaked = 溼透的

例： Her eyes were moist with tears.（她的眼睛濕濕的。）
My hair is still wet.（我的頭髮還是濕的。）

4
每天打電話給我。
: Call me everyday.
更正後 : Call me every day.

秘訣

a. everyday
= 每天的（形容詞）
→只用在名詞前面。

例 It's an everyday object.
（這是每天用的東西。）

b. every day = 每天（副詞）

例 I run every day.
（我每天跑步。）

例： This is my everyday job.（這是我每天的工作。）
I eat chicken every day.（我每天吃雞肉。）

5
你不太可愛。
: You're not cute.
更正後 : You're not really cute.

秘訣

a. not = 不是

例 I'm not tired. 我不累。

b. not really = 不太

例 I'm not really tired.（我不太累。）

c. 補充：really not = 真的不

例） You're not really skinny.（你不太瘦。）
You're really not skinny.（你真的不瘦。）

6
你看得到那棟高樓嗎？
: Do you see that high building?
更正後 : Do you see that tall building?

秘訣

a. 形容建築物很高時，大都用 tall。
→高度比寬度長很多時

例 a tall person（高個子）
a tall tree（大樹）
a tall mountain（高山）

b. 高度與寬度差不多時，也可用 high。

例 high heels, a high mountain, etc.

例） N Seoul Tower is pretty tall!（N 首爾塔真的很高！）
We have a tall tree in the yard.（我們的院子裡有一棵大樹。）

MP3/026

7
這個義大利麵吃起來很油。
: This pasta tastes oily.
更正後 : This pasta tastes greasy.

秘訣

a. greasy 比 oily 感覺更油膩、不健康，聽起來負面語氣強烈。

b. oily = 有油的（中立的）
greasy = 食物油膩的（負面的）
cheesy = 講話或想法很低俗（負面的）

例） I hate greasy food.（我討厭油膩的食物。）
Yuck!This hamburger looks so greasy!（啐！這個漢堡看起來好油膩！）

8
我小時候很可愛。
: I was cute when I was young.
更正後 : I was cute when I was little.

秘訣

a. 20 歲出頭的年輕人說 “when I was young”（我年輕時），給人感覺不自然。

b. little 和 younger 都是比 young 更安全的選擇。

例 when I was little.（在我小時候）

例） I was fat when I was little.（我小時候胖胖的。）
I used to study hard when I was younger.（我小時候很認真讀書。）

9
你真的很壞。
: You're so bad.
更正後 : You're so mean.

a. mean = 個性惡劣卑鄙
   bad = 不好的/劣質的
b. 不好，但不至於卑鄙。

例 The situation is mean. (×)
   The situation is bad. (○)

c. "You're so bad." 聽起來可能像「你真的很惡劣卑鄙。」

例） Don't be mean.（不要那麼壞。）
Why are you always mean to me?（為何你總是對我那麼壞？）

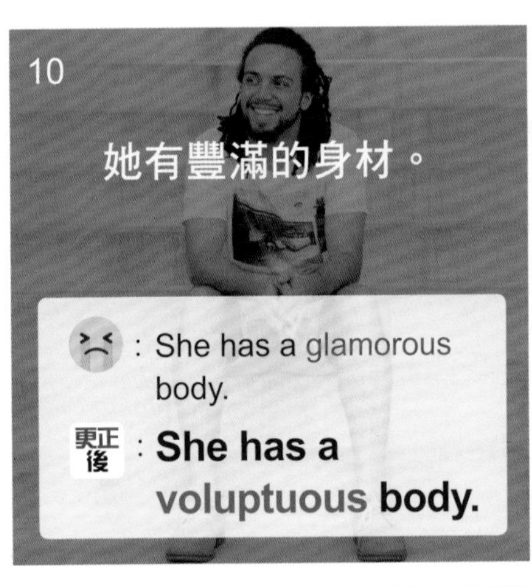
10
她有豐滿的身材。
: She has a glamorous body.
更正後 : She has a voluptuous body.

a. glamorous = 富有魅力的
   →身材、職業、物品都可用。
b. 我們常說的豐滿身材是用 voluptuous 形容。

例） He's living a glamorous life.（他過著令人嚮往的人生。）
I prefer voluptuous women.（我比較喜歡豐滿的女性。）

MP3/027

11
這個遊戲真的很好玩。
: This game is really funny.
更正後 : This game is really fun.

a. funny = 好笑的
fun = 有趣的

b. 雲霄飛車或海盜船可以很有趣，但不好笑。

c. 人可以有趣，也可以好笑。

例） It was a fun experience.（這是個有趣的經驗。）
Jim Carrey is so funny.（Jim Carrey 非常好笑。）

12
她是非常可愛的女孩。
: She is so cute girl.
更正後 : She is such a cute girl.

a. so +（形容詞）
= 非常的 +（形容詞）

例 so lovely（非常可愛）

b. 但後面若是接名詞，so 就變身為 such。
→such +（形容詞）（名詞）=（名詞）如此（形容詞）

例 such beautiful weather
（如此美麗的天氣）
such a lovely girl
（如此可愛的女生）

例） He's so selfish.（他非常自私。）
He's such a selfish person.（他是非常自私的人。）

13
我很無聊。
: I’m boring.
更正後 : I’m bored.

a. bore（使厭煩）
→boring（無趣的）

例 a boring person
（無趣的人）

b. bore（使厭煩）
→ bored（感到無趣的）

例 a bored person
（感到無趣的人）

例） This scenario is boring.（這個情節好無趣。）
Are you bored?（你感到厭煩/無趣/無聊了嗎？）

14
我可以跳得很高。
: I can jump highly.
更正後 : I can jump high.

a. highly =非常（副詞）

例 She's highly intelligent.
（她非常聰明。）

b. high = 高（副詞）

例 Michael Jordan jumped high.
（Michael Jorden跳得很高。）

例） I highly recommend this movie.（我高度推薦這個電影。）
I can sing high.（我可以唱得很高。）

MP3/028

15
我羨慕你。
: I envy you.
更正後 : I'm jealous of you.

a. envy = 羨慕（動詞）
jealous
= 忌妒的（形容詞）

b. 雖然 envy 意思是羨慕，但口語上「非常羨慕到忌妒的程度」大部分都用 jealous。

c. be jealous of +（名詞）
= 非常羨慕（名詞）。

例）I'm jealous of your sister.（我非常羨慕你的姐姐。）
We're so jealous of you guys.（我們很羨慕你們。）

16
我要買二手車。
: I'm going to buy a second-hand car.
更正後 : I'm going to buy a used car.

a. second-hand = 二手的
used = 中古的

b. second-hand 是正式用語，口語上更常使用 used。

c. 廣告上更常用 pre-owned（中古的）。

例）I prefer used cars.（我更喜歡中古車。）
We have a variety of pre-owned vehicles.（我們有各種中古車。）

17
你夠可愛了。
: You're enough cute.
更正後 : You're cute enough.

秘訣

a. 中文與英文的「充份地」語序是不同的。
b. 足夠（形容詞）
　=（形容詞）enough

例 夠性感
　（sexy enough）

例） This Ferrari is fast enough for me.（對我來說這台 Ferrari 夠快了。）
　I'm not tall enough.（我不夠高。）

18
回家去。
: Go to home.
更正後 : Go home.

秘訣

a. 雖然 home 是「家」（名詞）的意思，但也可當副詞，表示「回家、在家」。
b. 不需使用表示方向的介系詞 to。
c. 若寫成 to home 就有重複累贅之嫌。

例） Come back home.（回家去。）
　Can I go home?（我可以回家嗎？）

MP3/029

19
我起得晚。
: I got up lately.
更正後 : I got up late.

秘訣

a. late = 晚、遲（副詞）

例 Sue came home late.
（Sue 回家晚了。）

b. lately = 最近（副詞）

例 James is quiet lately.
（James 最近很安靜。）

例） I went to bed late.（我很晚睡。）
I haven't seen him lately.（我最近沒有看到他。）

20
現在是凌晨 3 點。
: It's 3 at dawn.
更正後 : It's 3 in the morning.

秘訣

a. at dawn（在凌晨）不可和時間混用。

例 5 at dawn (×)

b. 需換成in the morning（在凌晨/早上）。

例 5 in the morning (○)

例） I got up at 4 o'clock in the morning.（我凌晨 4 點起床。）
She came home at 2 in the morning.（她凌晨 2 點回家。）

現學現用

MP3/030

用英文說出下列的句子，答案在下方。

1. 11 點整見。
2. 我每天和男朋友見面。
3. 英文不太難。
4. 我小時候很受歡迎。
5. 我討厭惡劣的男人。
6. 你的課很有趣。
7. 你可以跳得高嗎？
8. 我不羨慕你。
9. 我買了中古車。
10. 現在是凌晨 1 點！

答案

1. I'll see you at 11:00 sharp.
2. I see my boyfriend every day.
3. English is not really difficult.
4. I was popular when I was little.
5. I hate mean guys.
6. Your class is fun.
7. Can you jump high?
8. I'm not jealous of you.
9. I bought a used car.
10. It's 1 in the morning!

[形容詞/副詞] 21 → 40

I'm single。
我未婚。

「這句錯了嗎？」
錯了，因為……

21
我對我們的關係
感到滿足。
: I'm satisfied with our relationship.
更正後 : I'm happy with our relationship.

a. satisfied
= 滿足的（滿足慾望）
happy
= 滿足的（滿意度很高）

b. be happy with（名詞）
= 對（名詞）感到滿意

例 Our customers are happy with our products.（我們的顧客對我們的產品感到滿意。）

例） I'm satisfied with the result.（我對這個結果感到滿意。）
Are you happy with your life?（你滿意你的人生嗎？）

22
這是免費的。
: It's for free.
更正後 : It's free.

a. for free = 免費（副詞）

例 I got this mouse for free.（我免費得到了這個滑鼠。）

b. free = 免費的（形容詞）

例 This mouse is free.（這個滑鼠是免費的。）

例） Let me give you this sample item for free.（免費給你這個樣品。）
This sample item is free.（這個樣品是免費的。）

MP3/031

23
你的工作表現令人感動。
: Your job performance is moving.
更正後
: Your job performance is impressive.

秘訣

a. moving
= （情緒上）感動的
impressive
= （傑出實力）令人印象深刻的

b. 面試時：
・從小就開始照顧身體不好的父母→moving
・用流暢的英語招攬顧客→impressive

例） It's such a moving love story.（這是非常令人感動的愛情故事。）
Your presentation was impressive.（你的發表令人印象深刻。）

24
試試這個方法。
: Try it in this way.
更正後
: Try it this way.

秘訣

a. this way
= 用這個方法（副詞）
that way
= 用那個方法（副詞）
→若加上表示「用」的 in，就有累贅重複之嫌。

b. 偶爾把 this way 當作名詞時可以加 in，但這種狀況很少。

例） You can do it this way.（你可以試試這個方法。）
I learned English that way.（我用這個方法學英文。）

25
我親眼看到蘇志燮了。
: I saw 소지섭 directly.
更正後 : I saw 소지섭 in person.

a. directly = 直接
→不透過其他人或地點。

例 Come here directly.
（直接來這裡。）

b. in person = 親自
→實際見面

例 I talked to Brad Pitt in person.
（我和 Brad Pitt 實際對話過。）

例） Have you seen Mayu in person?（你親眼見過 Mayu 嗎？）
I sent it to him directly.（我直接把這個送給他。）

26
有無脂肪牛奶嗎？
: Do you have fatless milk?
更正後 : Do you have fat-free milk?

a. （名詞）-free
= 沒有（名詞）的
→多半用在覺得名詞不好時

例 stress-free（無壓力的）

b. （名詞）less
= 沒有（名詞）的
→多半用在不覺得名詞不好時

例 fatherless（沒有父親的）

例） I prefer sugar-free drinks.（我比較喜歡無糖飲料。）
I feel powerless.（我感到無力。）

27
我們沒有足夠的時間。
: We don't have plenty of time.
更正後 : We don't have enough time.

a. plenty of
= 充份的、大量的
→不適合用在否定句

例 我有很多現金。
I have plenty of cash. (◯)
I don't have plenty of cash. (×)

b. enough = 充份的
→所有句子都可使用

例 I have enough cash.
I don't have enough cash.

例） There's plenty of water.（有充足的水。）
You didn't buy enough beer.（你買的啤酒不夠多。）

28
我已經 30 了。
: I'm already 30 years old.
更正後 : I'm already 30.

a. 在年紀後面加上 years old 雖然不是錯誤，但在口語中經常被省略。

b. 尤其是加入 already（已經）、yet（尚未）、still（仍然）等豐富句子的副詞時更常被省略。

例） I'm not 40 yet.（我還沒 40。）
I'm still 29!（我還是 29！）

29
你發脾氣了嗎？
: Are you angry?
更正後 : Are you mad?

秘訣

a. angry = 生氣程度非常高
mad = 比 angry 低一點

b. 最接近「發脾氣」的形容詞是 mad。

c. 也建議使用有開玩笑感覺的俚語 butthurt。

例） Don't be mad.（不要發脾氣。）
He's just butthurt.（他只是在發脾氣。）

30
我最近很累。
: I'm so tired nowadays.
更正後 : I'm so tired these days.

秘訣

a. nowadays = 最近這世上
→雖然不是錯誤，但建議也可以使用這樣具有龐大意義的單字。

例 Nowadays, everyone uses a smart phone.
（最近這世上每個人都用智慧手機。）

b. these days
= 最近、最近這世上
→使用上更隨意

例 I feel lonely these days.
（我最近感到寂寞。）

例） Everything is expensive nowadays.（最近這世上每個東西都很貴。）
Joy is quiet these days.（Joy 最近相當安靜。）

31
這台電腦非常快。
: This computer is really quick.
更正後 : This computer is really fast.

a. quick
= 快速的→多與時間有關

例 KTX 從首爾到釜山要 2 小時 30 分。→列車 quick

b. fast
= 快速的→多與速度有關

例 KTX 從首爾到釜山以時速 300 公里行駛。→列車 fast

c. 依據想說的重點，這兩個形容詞可自由變換。

例） Lamborghini is the fastest sports car.（Lamborghini 是最快的跑車。）
That was quick!（來得很快！）*朋友去廁所一趟只花了 30 秒。

32
你酒醒了？
: Are you awake?
更正後 : Are you sober?

a. awake = 睡覺/意識醒來

例 Are you awake?
詢問是否醒著不睡覺。

b. sober = 酒醒

例 Are you sober?
詢問是否酒醒了。

例） I'm sober.（我酒醒了。）
I'm not sober yet.（我酒還沒醒。）

33
你的房間非常乾淨。
: Your room is very clear.
更正後 : Your room is very clean.

a. clear = 透明的
   clean = 乾淨的
b. 即使玻璃杯是 clear，但可能不 clean。

例 This clear glass is not clean.（這個透明玻璃杯不乾淨。）

例）Look at the clear water.（看看這個清澈的水。）
My house isn't clean.（我的房子不乾淨。）

34
他不見了。
: He is missed.
更正後 : He is missing.

a. miss 意思是「失去的」，所以可能會認為missed表示「失去的狀態」=「失蹤的、不見的」，但這裡是個例外。
b. missing = 失蹤的、不見的

例 不見的零件
missed part (×)
missing part (○)

例）We can't find the missing child.（我們找不到那個失蹤的孩子。）
My dog is missing.（我的狗不見了。）

MP3/034

35
你和你男友長得很像。
: You and your boyfriend look similar.
更正後 : You and your boyfriend look alike.

秘訣

a. look similar = 看起來類似

例 These cars look similar.

（這些車子看起來很類似。）

b. 表示人長得很像是 look alike。

例 You guys look alike.

（你們長得很像。）

例） Do we look alike?（我們長得像嗎？）

You guys don't look alike at all.（你們長得完全不像。）

36
他非常善良。
: He's so good.
更正後 : He's so nice.

秘訣

a. 最接近「善良」的英文單字不是good，也不是kind，而是 nice。

例 Be nice to your sister.

（對姊姊好一點。）

b. good 通常用於稱讚擅長某事。

例 You're so good!

（你很棒！）

例） You're so nice.（你非常善良。）

I'm not nice at all.（我一點也不善良。）

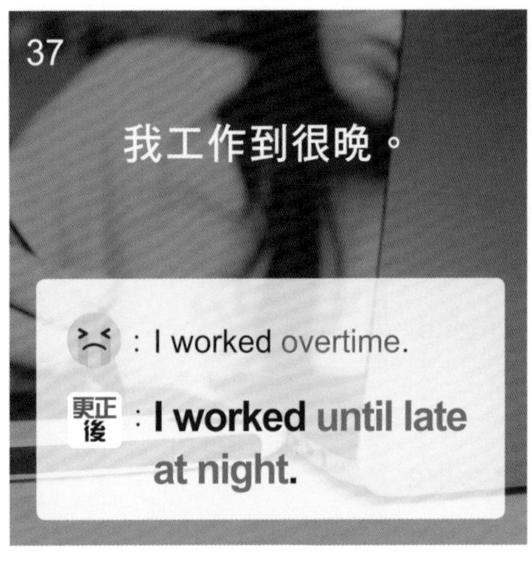
37
我工作到很晚。
: I worked overtime.
更正後 : I worked until late at night.

a. overtime = 超過時間

until late at night = 到深夜

b. 超時工作並非一定是工作到很晚，例如下班時間是 6 點，工作到 6 點半就是超時工作，但並非指工作到很晚。

例） I hate working until late at night.（我討厭工作到很晚。）
I studied until late at night.（我讀書到很晚。）

38
安靜一點！
: Be quite!
更正後 : Be quiet!

a. 這是十大拼字錯誤之一。

b. quiet
= 安靜的（形容詞）
quite
= 相當、非常（副詞）

例 The engine was quite quiet.
（這個引擎非常安靜。）

例） She was quiet at first.（她一開始很安靜。）
English is quite easy to learn.（英文是非常容易學習的。）

MP3/035

39
還可以。
: So so.
更正後 : It was okay.

a. 表示不好也不壞時，"So so" 的使用頻率已經下降很多了。

b. okay / alright
= 僅是普通的程度
建議使用更常說的 "It's okay." 或 "It's alright."

例） A: So, how's your life in Italy?（所以說，你在義大利的生活如何？）
B: Well, it's okay/alright.（嗯，還好。）

40
我未婚。
: I'm a single.
更正後 : I'm single.

a. single（未婚）的主詞是一個人時，當形容詞使用。

例 Sue is a single. (×)
Sue is single. (○)

b. single（未婚）的主詞是許多人時，當複數名詞使用。

例 They are both singles.
（他們兩個都是單身。）

例） Is she single?（她是單身嗎？）
Look at all these singles.（看看這些單身的。）

現學現用

MP3/036

用英文說出下列的句子，答案在下方。

1. 你滿意你的分數嗎？
2. 這個乳液不是免費的。
3. 這是無糖果汁。
4. 我沒有足夠的錢。
5. 我沒發脾氣。
6. 我酒還沒醒。
7. 你和你的妹妹很像。
8. 他們善良嗎？
9. 我不想要工作到很晚。
10. 這部電影還好。

答案

1. Are you happy with your score?
2. This lotion is not free.
3. This is sugar-free juice.
4. I don't have enough money.
5. I'm not mad.
6. I'm not sober yet.
7. You and your sister look alike.
8. Are they nice?
9. I don't want to work until late at night.
10. The movie was okay.

[形容詞/副詞]

41 → 60

I'm drunken.

我醉了。

「這句錯了嗎？」

錯了，因為……

41
改天來聚聚吧！
: Let's get together some time.
更正後 : Let's get together sometime.

秘訣

a. some time
= 相當久的時間（名詞）
例 It took some time.
（這個花了很多時間。）
b. sometime = 改天（副詞）
例 Let's meet up sometime.
（改天來聚一次吧！）
c. 口語上沒分別，但寫字時就會出錯的錯誤。

例） It takes some time to learn Chinese.（學中文要花很多時間。）
Let's have dinner sometime.（改天來一起吃晚餐吧！）

42
你是個 20 歲的女生。
: You're a 20-years-old girl.
更正後 : You're a 20-year-old girl.

秘訣

a. 單獨表示年齡時，用複數 years。→I'm 20 years old.
b. 放在名詞前面表示「幾歲的」時，用單數year。→I'm a 20-years-old student.

例） My husband is a 40-year-old lawyer.（我的先生是40歲的律師。）
The 50-year-old singer is very rich.（那個50歲的歌手非常有錢。）

MP3/037

43
門是開著的。
: The door is opened.
更正後 : The door is open.

a. open = 開著的

例 This party is open for everyone.（這個派對對所有人開放。）

b. opened = 被開

→強調被小偷、某種手段、某人開啟時

例 The safe was opened by the burglar.（金庫被竊賊打開了。）

例） 7-Eleven is open for 24 hours.（7-Eleven營業24小時。）
The door was opened with a knife.（這個門被刀子打開了。）

44
我不能吃活魚。
: I can't eat alive fish.
更正後 : I can't eat live fish.

a. live = 活著的

→只用於名詞前面

例 I saw a live scorpion.（我看到一隻活的蠍子。）

b. alive = 活著的

→後面不接名詞，單獨使用。

例 The alien is still alive!（這個外星人還活著！）

例） Are you alive?（你還活著嗎？）
There's a live snake in the room!（房間裡有一條活著的蛇！）

45
我完成了。
: I finished.
更正後 : I'm finished.

a. 一般表示「完成了」，比起強調「過去動作」的過去式，更常使用代表「完成的狀態」的現在式。

b. finished
= 完成的（形容詞）

例 I am finished.
（我完成了。）

例） Are you finished?（你完成了嗎？）
I'm not finished yet.（我還沒完成。）

46
我醉了。
: I'm drunken.
更正後 : I'm drunk.

a. drunken = 喝醉的
→通常只放在名詞前面。

例 drunken driving
（喝酒開車）

b. drunk = 喝醉的
→ 可用在名詞前面，也可單獨使用。

例 drunk driving（喝酒開車）
I'm drunk.（我醉了。）

例） Are you drunk?（你醉了嗎？）
Drunken driving is dangerous.（喝酒開車是危險的。）

MP3/038

47
這首歌特別好。
: This song is specially good.
更正後 : This song is especially good.

a. especially = 特別

例 I especially like this part.
（我特別喜歡這個部分。）

b. specially （for）
=（只為了~）特別地

例 This song was written specially for you.
（這首歌是特別為你寫的。）

例） This song is good, especially this part.（這首歌很好，特別是這個部分。）
This car was specially made for the singer.
（這台車是特別為這個歌手製作的。）

48
明年見。
: I'll see you in next year.
更正後 : I'll see you next year.

a. last、this、next 放在表示時間的單字例：Monday、week、weekend、month）前面時，當作副詞用，不需加 in、on、at。

例 on Monday （在星期一）
this Monday（這個星期一）

例） I'll see you next Friday.（下個星期五見。）
I moved here last month.（我上個月搬到這裡。）

49
這個卡路里較少。
: This has less calories.
更正後 : This has fewer calories.

秘訣

a. less = 較少的
→放在不可數名詞之前
例 less stress, less air, less time, etc.
b. fewer = 較少的
→放在複數名詞之前
例 fewer calories, fewer people, fewer seats, etc.
c. 母語人士的常犯錯誤

例） This phone has fewer problems.（這支電話的問題比較少。）
They have less money than us.（他們比我們沒錢。）

50
因為你，我很快樂。
: I'm happy because of you.
更正後 : I'm happy thanks to you.

秘訣

a. because of = 因為~
→有中立的/負面的感覺
例 because of the rain
（因為下雨）
b. thanks to = 多虧~
→正面的感覺
例 thanks to the rain
（多虧了下雨）

例） I passed the test thanks to you.（多虧了你，我通過了考試。）
I'm breathing thanks to your love.（謝謝你的愛讓我可以呼吸。）

MP3/039

51
我很煩躁！
: I'm so annoying!
更正後
: I'm so annoyed!

秘訣

a. annoy（使煩躁）
→annoying（令人煩躁的）

例 an annoying person
（令人煩躁的人）

b. annoy（使煩躁）
→ annoyed（煩躁的）

例 an annoyed person
（感到煩躁的人）

例） My brother is so annoying!（我哥哥令人煩躁！）
Your sister looks annoyed.（我姊姊看起來很煩躁。）

52
我去市中心了。
: I went to downtown.
更正後
: I went downtown.

秘訣

a. downtown 雖然可當成名詞「市中心」，但也可當副詞表示「往市中心、在市中心」，因此不需要表示「往~」的介係詞 to。

b. to downtown 有重複累贅之嫌。

c. updown 也是同理。

例） She moved downtown.（她搬到市中心了。）
I live uptown.（我住在城裡。）

53
我男友胖胖的。
: My boyfriend is fat.
更正後 : My boyfriend is chubby.

秘訣

a. 胖的程度：

★☆☆ chubby = 胖胖的

★★☆ fat = 肥胖的

★★★ obese = 非常肥胖的

b. 警告：對女生就算把 fat 改成 chubby，也是很強烈的罵人用詞，就算英語圈也不例外。

例） Do I look chubby?（我看起來胖嗎？）
Chubby is better than fat.（胖嘟嘟的比肥胖好。）

54
這部電影的結尾有反轉。
: This movie has a twist in the end.
更正後 : This movie has a twist at the end.

秘訣

a. in the end = 最後
→意思是「從結論上來說」

例 Police caught him in the end.（警察最後抓到他了。）

b. at the end =（單純指時間的順序）結尾

例 I'm going to quit at the end of the year.（我今年年底就要辭職了。）

例） You'll regret your decision in the end.（你最後會後悔你的決定。）
The murderer dies at the end.（這個謀殺者最後死了。）

MP3/040

55
我在 90 年代出生。
: I was born in 1990.
更正後 : I was born in the 1990s.

a. in（年度）= 在~年

例 in 2017（在 2017 年）

in 1800（在 1800 年）

b. in the（年度）s
= 在~年代

例 in the 1900s
（在 20 世紀初）

in the 1950s
（在 50 年代）

例）She debuted in 2000.（她在 2000 年出道。）

She debuted in the 2000s.（她在 21 世紀初出道。）

56
他知道這是最棒的。
: He knows it the best.
更正後 : He knows it best.

a. 這裡不是最高級形容詞，而是最高級副詞，因此通常會省略 the。

例 the best（最棒的）

best（最棒地）

the fastest（最快的）

fastest（最快地）

b. 偶爾也會有加 the 的情況。

例）I like chicken most.（我最喜歡雞肉。）

They make it fastest.（他們做得最快。）

57
你看過哈利波特嗎？
: Have you ever watched Harry Potter?
更正後 : Have you watched Harry Potter?

秘訣

a. 詢問經驗時，請改掉加上 ever 的習慣。
b. ever 有「就算只有一次」的感覺，因此若是常常經歷或特別的事情，就盡量不使用。

例） Have you tried this pasta?（你吃過這個義大利麵嗎？）
Have you ever visited Africa before?（你以前去過非洲嗎？）

58
誰在這個時間打電話來？
: Who's calling at this time?
更正後 : Who's calling at this hour?

秘訣

a. 表達「在這個時間」的「時間」不是抽象概念的時間（time），而是用「幾點」的實際時間（hour）。
b. 在這個時間 = at this hour
c. 與 at 3（在 3 點）是一樣的道理。

例） Who's crying at this hour?（誰在這個時間哭？）
Who are you talking to at this hour?（你這個時間和誰在講話？）

59
你最後會後悔的。
: You will finally regret this.
更正後 : You will regret this in the end.

a. finally
=（普通正面的程度）終於
→經過長久時間或困難才完成的感覺。
例 終於有女朋友了、披薩終於送到了……

b. in the end
=（普通中立/負面的程度）結果
→經過許多變化，終於有結果的感覺。
例 結果和女友分手了、結果沒事……

例） I finally married her.（我最後和她結婚了。）
They broke up in the end.（結果他們分手了。）

60
時間到了！
* 考試時監考官說的話
: Time is finished!
更正後 : Time is up!

a. 「時間到了」不使用 finished 的形容詞，也不可使用 done。

b. up =（時間）到了

c. "Time's up!" 是考試時經常可聽到的話，建議熟記。

例） Put your pencils down.Time's up.（放下鉛筆，時間到了。）
Time's almost up.（時間快到了。）

現學現用

MP3/042

用英文說出下列的句子，答案在下方。

1. 這個箱子是開著的嗎？
2. 看看這隻活著的魚。
3. 我沒有醉！
4. 我上星期看見 David 了。
5. 這架飛機的座位較少。
6. 多虧你，我得了 A。
7. 你不胖。
8. 我男友在 80 年代出生。
9. 你有看到我的皮夾嗎？
10. 你為何在這個時間打電話給我？

答案

1. Is this box open?
2. Look at this live fish.
3. I'm not drunk!
4. I saw David last weekend.
5. This plane has fewer seats.
6. I got an A thanks to you.
7. You're not chubby.
8. My boyfriend was born in the 1980s.
9. Have you seen my wallet?
10. Why did you call me at this hour?

[形容詞/副詞]

61 → 80

Is it delicious?
這個好吃嗎？

「這句錯了嗎？」
錯了，因為……

61
我害怕。
: I'm scary.
更正後 : I'm scared.

a. scare = 害怕

scary = 害怕的

→令人害怕的

*注意：不是 scaring

scared

= 害怕的→被嚇壞的

b. "I'm scary." 的意思是「我令人害怕」。

例） Are you scared?（你被嚇到了嗎？）

This horror movie is scary.（這部恐怖電影很可怕。）

62
我正在減肥。
: I'm dieting.
更正後 : I'm on a diet.

a. 表示「正在減肥」時，雖然可用 diet（動詞）的現在進行式 dieting，但使用頻率已大幅減少。

例 She's dieting.

（她正在減肥。）

b. 99% 的人都使用以下的片語

→on a diet

= 正在減肥（形容詞）

例） Are you on a diet?（你正在減肥嗎？）

I'm always on a diet.（我總是在減肥。）

63
這個是免費贈送的。
: It's service.
更正後 : It's on the house.

a. 不管怎麼說，東西不能叫做 service。

b. on the house
= 店裡要付錢的
→免費贈送的

例 This chicken is on the house.（這個雞肉是免費贈送的。）

c. the house
=（餐廳等）目前所在的場所

例） A: We didn't order this.（我們沒有點這個。）
B: Don't worry.It's on the house.（不用擔心，這是免費贈送的。）

64
你必須早點離開，真是太可惜了。
: It's too sad you have to leave early.
更正後 : It's too bad you have to leave early.

a. too bad = 可惜的、惋惜的
→不是指「很壞的」

b. 也可像感嘆詞那樣單獨使用。

例 It's too bad.（好可惜。）

c. 後面也可接敘述句。

例 It's too bad you can't stay.（你不能留下真是太可惜了。）

例） It's too bad I can't help you.（我不能幫你，真是太可惜了。）
It's too bad you don't have a girlfriend.（你沒有女友真是太可惜了。）

65
我工作一整天。
: I'm working every day.
更正後 : I'm working all day.

a. every day指「每天」，而不是「一整天」。
b. all day
= the whole day = 一整天
c. 若是要強調「一~~整天」，可使用all day long。

例） I ate all day today.（我一整天都在吃。）
I have to study all day long.（我必須讀書一整天。）

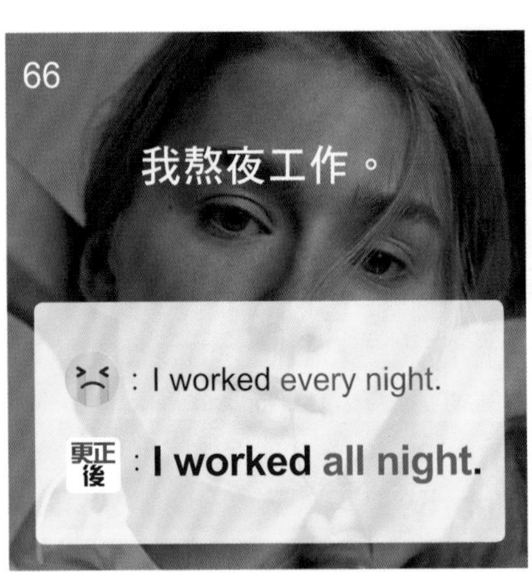
66
我熬夜工作。
: I worked every night.
更正後 : I worked all night.

a. every night指「每天晚上」，而不是「熬夜」
b. all night
= the whole night = 熬夜
c. 若要更強調熬夜，可用all night long。

例） She danced all night.（她跳舞一整晚。）
I was thinking of you all night long.（我整個晚上都在想你。）

MP3/044

67
我很感激。
*對方幫忙時
: I'm thankful.
更正後
: I'm grateful.

a. thankful
= （沒發生不好的事）感謝的→幸好的

例 離開家的寵物狗又回來時

b. grateful
=（對於好的事）感謝的

例 許多粉絲來參加演唱會時

例） We're thankful that you are alive.（我們感謝你還活著。） *幸好的感覺
I'm grateful that I have a family.（我很感謝有家人。）

68
來樓上。
: Come to upstairs.
更正後
: Come upstairs.

a. upstairs 意思是名詞的「樓上」，但也可當作副詞，表示「往樓上/在樓上」，因此不需要加「往~」的介係詞 to。

b. to upstairs 有重複累贅之嫌。

c. downstairs 也是同理。

例） The kids are playing upstairs.（這些孩子正在樓上玩。）
Go downstairs.（來樓下。）

69
這個很好吃！
: This is delicious!
更正後
: This is good!

秘訣

a. delicious = 好吃的

→除了超級好吃或廣告用語之外，一般不這麼形容。

→多用於對製作食物的人表達稱讚或感謝。

b. good = 好吃的

→除了稱讚，一般情況也可使用。

例） Is it good?（這個好吃嗎？）

This soup isn't really good.（這個湯不太好喝。）

70
這個服務生態度不好。
: The waiter is impolite.
更正後
: The waiter is rude.

秘訣

a. impolite = 沒禮貌的

→沒禮貌可能是故意或不小心的。

b. rude = 無禮的

→必定是故意的無禮，比 impolite 強烈。

c. 提到態度不好，一般都使用強烈的 rude。

例） You're being so rude!（你很無禮！）

I'm not going there again.They're so rude.
（我不會再去那裡了，他們太無禮了！）

MP3/045

71
這個牛奶
在 15 天內喝都可以。
: This milk is valid for 15 days.
更正後 : This milk is good for 15 days.

秘訣

a. valid =（法律上）有效的
→優惠券可以用 valid，但食物不行用valid。

b. good
=（範圍廣泛）有效的
→優惠券和食物都可以用 good。

例） This ticket is valid for 2 weeks.（這張票在兩星期內有效。）
These eggs are good for 20 days.（這些雞蛋在 20 天內吃都可以。）

72
我很興奮！
: I'm exciting!
更正後 : I'm excited!

a. excite（使興奮）
→exciting（令人興奮的）

例 an exciting adventure
（令人興奮的冒險）

b. excite（使興奮）
→ excited（興奮的）

例 an excited kid
（一個興奮的孩子）

例） A : Are you guys excited about the show?
（你們對這個表演感到興奮嗎？）
B : Yes, we are so excited!（對，我們很興奮！）

73
這個是我先說的！
: I said it earlier!
更正後
: I said it first!

a. earlier = 之前

例 As I said earlier,

（如同我早先說的）

b. first = 首先

→一般都放在句子最後。

例 Who said it first?

（這個是誰先說的？）

例） My team finished it first.（我們隊先完成這個了。）
I have to use the bathroom first.（我必須先用浴室。）

74
我一開始很緊張。
: I was nervous first.
更正後
: I was nervous at first.

a. first = 首先

例 Who started the fight first?

（是誰先打架的？）

b. at first = 一開始

例 My boyfriend was shy at first.

（我男友一開始很害羞。）

例） I didn't like you at first.（我一開始不喜歡你。）
My boss was mean to me at first.（我的老闆一開始對我不好。）

75
星期五見。
: I'll see you next Friday.
更正後
: I'll see you this Friday.

a. 緊跟在今天（星期三）後面來的星期五
 = this Friday（這個星期五）
 = this coming Friday
 （馬上到來的星期五）

b. 這個星期五過後的下一個星期五
 = next Friday
 （下個星期五）
 = next Friday, not this Friday
 （下星期五，不是這個星期五）

例） I'll see you this coming Sunday.（這個星期五見。）
Let's meet up next Monday, not this Monday.
（下星期五見，不是這個星期五。）

76
我第一次嘗試這個。
: I tried that first.
更正後
: I tried that for the first time.

a. 這裡的 first 是什麼意思應該多少有感覺了。
 （參考#73,#74）

b. for the first time = 第一次

例 I sang a song for the first time.
 （我第一次唱歌。）

例） I'm happy for the first time in my life.（我人生中第一次感到快樂。）
I'm driving for the first time.（我第一次開車。）

77
我當初就不喜歡你。
: I didn't like you from the first time.
更正後
: I didn't like you in the first place.

秘訣

a. from the first time
= 從一開始
→後面必須要有敘述句。

例 from the first time + I met you
（我從一開始遇到你）

b. in the first place
= 當初、先前

例 I was there in the first place.
（我早就在那裡了。）

例） Why didn't you tell me in the first place?（你當初為何不告訴我？）
I shouldn't have met you in the first place.（我當初不該遇見你。）

78
我在最後一刻完成了。
: I finished it at last.
更正後
: I finished it at the last minute.

秘訣

a. at last = 終於

例 Superman is here at last!
（超人終於來了！）

b. at the last minute
= 在最後一刻
→按照字面的意思就是「最後一瞬間」

例 I cancelled it at the last minute.
（我在最後一刻取消了。）

例） Park Ji-Sung scored the goal at the last minute.
（朴智星在最後一刻進球了。）
I got there at the last minute.（我在最後一刻抵達了。）

MP3/047

79
這個很方便。
* 使用物品時
: It's very comfortable.
更正後
: It's very convenient.

秘訣

a. comfortable
=（感到舒服）舒適的
例 This sofa is comfortable.
（這個沙發很舒服。）
b. convenient
=（方便使用的）便利的
例 ATMs are convenient.
ATM 很方便。

例） This mattress is not comfortable at all.（這個床墊一點也不舒服。）
QR Codes are convenient.（QR 碼很方便。）

80
你在用擴音嗎？
: Am I a speaker phone?
更正後
: Am I on speaker phone?

秘訣

a. 人不是擴音機。
b. on speaker phone
=用擴音通話（形容詞）
c. 補充：put someone on speaker phone
=讓某人的聲音擴音

例） You're on speaker phone.（我正在用擴音。）
I put you on speaker phone.（我把你的聲音擴音。）

現學現用

MP3/048

用英文說出下列的句子，答案在下方。

1. 你在減肥嗎？
2. 這個義大利麵是免費贈送的。
3. 你有女友了，真是可惜。
4. 不要去樓上！
5. 這個漢堡好吃嗎？
6. 誰先哭了的？
7. 我一開始不緊張。
8. 你這個星期三可以見我嗎？
9. 他們在最後一刻延遲了會議。
10. 智慧手機很方便。

答案

1. Are you on a diet?
2. This pasta is on the house.
3. It's too bad you have a girlfriend.
4. Don't go upstairs!
5. Is this hamburger good?
6. Who cried first?
7. I wasn't nervous at first.
8. Can you see me this Wednesday?
9. They postponed the meeting at the last minute.
10. Smart phones are convenient.

3 [名詞]

先用英文寫寫看，看寫對了幾個。　* 小心遭到打擊與驚嚇

他是我們的工作人員。

我老公是個浪漫主義者。

我要套餐。

這個有保固嗎？

你有哪些條件？

這是真實的故事。

我住套房。

我起雞皮疙瘩了。

請幫我叫拖車。

(對男性)你用什麼香水？

[名詞]
1 → 20

I'm a sports car mania.
我是跑車狂熱者。

「這句錯了嗎？」
錯了，因為……

1
警察先生！
: Cop!
更正後
: Police officer!

a. 把 cop（警察）當作稱呼顯得不自然又沒禮貌。
b. cop 只是職業名稱。
例 I want to be a cop.
（我想當警察。）
c. 可當稱呼使用的有 police officer 和 officer。

例） Hello, officer.（哈囉，警察先生。）
There's a cop.（那裡有警察。）

2
我想吃麵包。
: I want a bread.
更正後
: I want bread.

a. 麵包是不可數名詞。
例 I want many breads. (×)
b. 要表示麵包數量時：
一個麵包 = a loaf of bread
一片麵包
= a piece of bread / a slice of bread

例） I had bread for breakfast.（我早餐吃了麵包。）
Women love bread.（女生都很喜歡麵包。）

MP3/049

3
他是我們的工作人員。
: He's our staff.
更正後 : He's our staff member.

a. staff = 工作人員（團體）
staff member
= 一名工作人員

例 I'm a staff. (×)
I'm a staff member. (○)

b. 若看到 staffs，可理解為各種團體的工作人員。

例）Are you a staff member here?（你是這裡的工作人員嗎？）
I'm one of the staff.（我是工作人員之一。）

4
我想成為警察。
: I want to be a police.
更正後 : I want to be a police officer.

a. police = 警方（警察們）
police officer / cop
= 一名警察

例 I'm a police. (×)
I'm a police officer. (○)

b. police 是複數。

例）My husband is a cop.（我先生是警察。）
Police say it's safe.（警察說這個很安全。）

5
他住在美國。
: He lives in U.S.
更正後 : He lives in the U.S.

秘訣

a. 美國以 U.S. 表示時，前面一定要加 the。

例 U.S. (×) → the U.S. (○)

b. 美國以 America 表示時，不需要加 the。

例 the U.S. = America

例） I've been living in the U.S.for 10 years.（我住在美國 10 年了。）
The U.S.is a country of 50 states.（美國是有 50 個州的國家。）

6
我老公是個浪漫主義者。
: My husband is a romantist.
更正後 : My husband is a romanticist.

秘訣

a. 沒有romantist這個單字。
→可使用 romanticist、romancist、romancer。

b. 實際上大部分都使用形容詞 romantic（浪漫的）。

例 My husband is romantic.
（我先生很浪漫。）

例） Your boyfriend is such a romanticist.（妳男友完全是個浪漫主義者。）
I'm not romantic.（我不浪漫。）

MP3/050

7
這裡有停車位。
: There's a parking lot here!
更正後 : There's a parking spot here!

秘訣

a. lot =（作為特定用途）一塊地

spot =（小的）位置

b. parking lot = 停車場

parking spot =（可停一台的）停車位

例） There are many parking spots in this parking lot.（這個停車場裡面有很多位置。）

This parking lot is full.（這個停車場滿了。）

8
我是跑車狂熱者。
: I'm a sports car mania.
更正後 : I'm a sports car maniac.

秘訣

a. mania = 狂熱狀態

maniac = 狂熱份子

 我是 K-pop 的粉絲。

I'm a K-pop mania. (×)

I'm a K-pop maniac. (○)

b. 補充：（名詞）+ crazy = 對（名詞）狂熱

例） I'm a camera maniac.（我是相機控。）

I'm coffee crazy.（我熱愛咖啡。）

9
這個是我的報告。
: Here's my report.
更正後 : Here's my paper.

秘訣

a. report = 報告書、成績單
b. 我們一般在學校所說的報告是 paper 或 essay。
c. paper = term paper 的簡寫。

例） I have to write a 10-page essay.（我必須寫10頁的報告。）
Help me with my paper.（幫我做報告。）

10
來我家。
: Come to my house.
更正後 : Come to my place.

秘訣

a. 這是留學、語言研修時非常容易發生的錯誤。
b. 若不是自己持有的房子（例如租房、宿舍、寄宿家庭），就不用 my house（我的房子），而是用 my place（我住的地方）。

例） My place is around here.（我住的地方在這附近。）
I've never been to your place.（我沒去過你住的地方。）

MP3/051

11
我有約了。
* 私人約會
: I have an appointment.
更正後 : I have plans.

a. appointment
= （公事的）約會

例 醫院約診、預約諮詢等。

b. plans =（私人的）約會

例 與朋友間的約會、社團聚會等

c. 用複數形 plans。

例） I have plans for tomorrow.（我明天有約。）
I have a 3-o'clock appointment with Dr.Lee.（我和 Lee 醫生約了 3 點。）

12
她是我的鄰居。
: She's my neighborhood.
更正後 : She's my neighbor.

a. 字典上錯誤的例子：
neighbor
= 鄰居 neighborhood
= 鄰居
這樣難怪會搞混了！

b. 應該這樣記：
neighbor = 鄰居居民
neighborhood = 鄰近地區

例） There are 3 neighbors in my neighborhood.（我附近有 3 位鄰居。）
One of my neighbors is a celebrity.（我的鄰居其中之一是名人。）

13
你有網站嗎？
: Do you have a homepage?
更正後 : Do you have a website?

秘訣

a. homepage 只是指 website 出現的第一頁。

b. "Do you have a homepage?" 會變成「有首頁嗎？」的奇怪句子。每個網站當然都有首頁。

例） We don't have a website.（我們沒有網站。）
What's your website address?（你網站的網址是什麼？）

14
我的牛仔褲在哪裡？
: Where is my jean?
更正後 : Where are my jeans?

秘訣

a. 褲子種類都是複數。

例 pants（褲子）/ shorts（短褲）/ jeans（牛仔褲）/ leggings（緊身褲）。

b. 動詞也需配合複數。

例 My pants is … (×)
My pants are … (○)

例） These shorts are too short.（這件短褲太短了。）
Are these pants too tight for you?（這件褲子對你來說太緊了嗎？）

MP3/052

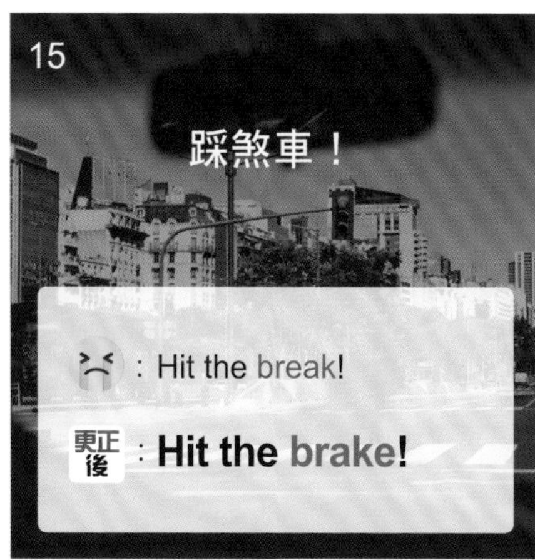
15
踩煞車！
: Hit the break!
更正後
: Hit the brake!

秘訣

a. break = 休息時間
   brake = 車子的煞車
b. 兩者發音一樣，經常容易拼錯。
c. 補充：hit the brake
   = 踩煞車

例） I have a brake.（我擁有煞車。）
I have a break.（我有休息時間。）

16
我要套餐。
* 在速食店
: I'll get the set menu.
更正後
: I'll get the meal.

秘訣

a. 沒有 set menu 這個單字。
b. 換成 meal。

例 I want the meal.
（我想要套餐。）

c. 也可以只點號碼。

例 I want one #1.
（我要1號餐。）

例） Do you want the meal?（你想要套餐嗎？）
Let me get two #1s.（我要兩份 1 號餐。）

17
我是大學生。
* 美式英語口語
: I'm a university student.
更正後
: I'm a college student.

a. 即使 university 和 college 具體上有差異，但在口語偏好使用 college。

b. 大學名稱在口語上也是使用 University。

例 Columbia University
（哥倫比亞大學）

例） I go to college.（我上大學。）
When did you graduate from college?（你何時從大學畢業的？）

18
我有很多作業。
: I have a lot of homeworks.
更正後
: I have a lot of homework.

a. homework（作業）是不可數。

b. 若要用可數，就要使用 assignment（課題）。

例 I have three assignments.
（我有三項作業。）

c. 另外，work（工作）也是不可數。

例） Where's all your homework?（你的作業都在哪裡？）
I have a lot of work.（我有很多工作。）

19
你喜歡雞肉嗎？
: Do you like chickens?
更正後
: Do you like chicken?

秘訣

a. 表示「雞」時，是可數名詞。

例 There are many chickens in the yard.

（院子裡有很多雞。）

b. 表示「雞肉」時，則是不可數名詞。

例 Chicken is my favorite.

（雞肉是我的最愛。）

例）I can't live without chicken.（我沒雞肉就不能活了。）
Look at these chickens in the cage.（看看在籠子裡的那些雞。）

20
你想要來點甜點嗎？
: Do you want some desert?
更正後
: Do you want some dessert?

秘訣

a. 首先是拼法上的不同：

desert = 沙漠

dessert = 甜點

b. 接下來是發音上的不同（這點更重要）：

desert = 重音在 de

dessert = 重音在 ser

例）I was walking in the desert.（我走在沙漠上。）
Do you have room for some dessert?（你還吃得下甜點嗎？）

現學現用

MP3/054

用英文說出下列的句子，答案在下方。

1. 警察先生！
2. 我爸媽住在美國。
3. 我弟弟是遊戲狂。
4. 我的報告在哪裡？
5. 我找不到你住的地方。
6. 你明天有約嗎？
7. Mayu 是我的鄰居。
8. 這件牛仔褲多少錢？
9. 你是大學生嗎？
10. 雞肉使我變胖。

答案

1. police officer!
2. My parents live in the U.S.
3. My brother is a game maniac.
4. Where's my paper?
5. I can't find your place.
6. Do you have plans for tomorrow?
7. Mayu is my neighbor.
8. How much are these jeans?
9. Are you a college student?
10. Chicken made me fat.

[名詞] 21 → 40

Is this a real story?
這是真的故事嗎？

「這句錯了嗎？」
錯了，因為……

21
這個有保固嗎？
: Is there A/S on this?
更正後 : Is there a warranty on this?

a. A/S（After Service）
=服務後???→這是什麼意思呢……

b. 這裡請使用 warranty（保固）。

例 a two-year warranty
（兩年保固）
a limited warranty
（有限保固）

例） It comes with a one-year warranty.（這個有一年保固。）
The warranty has expired.（保固到期了。）

22
我沒有女友。
: I don't have a girl friend.
更正後 : I don't have a girlfriend.

a. 若不是常發生的錯誤，就不會注意。
女朋友= girl friend (×)
girlfriend (○)
男朋友= boy friend (×)
boyfriend (○)

b. 補充：
男性朋友 = male friend
女性朋友 = female friend

例） I haven't had a girlfriend in my life.（我一生中沒交過女友。）
Your boyfriend is hot.（妳男友很受歡迎。）

MP3/055

23
當我還是大學生時，
: When I was a college student,
更正後 : When I was in college,

a. student（學生）通常當作職業/身份。

b. 提到大學時代的話題時，比起職業或身份，更重視時機，因此使用 When I was in college（我在大學時）比 When I was a college student（當我是大學生時）會更好。

例） When I was in college, I was popular.（我在大學時很受歡迎。）
When I was in high school, I used to eat a lot.（高中時我總是吃很多。）

24
我需要加油。
: I need some oil.
更正後 : I need some gas.

a. oil = 潤滑油
→機油、變速箱油等，使零件能夠順利運轉的油。

例 I need an oil change.
（我需要更換機油。）

b. gas = 汽油
→這是汽車燃料 gasoline 的簡寫。

例） When did you change the engine oil?（你何時換了機油？）
Gas is expensive these days.（最近汽油很貴。）

25
你有時間嗎？
: Do you have the time?
更正後
: Do you have time?

秘訣

a. time = 時間

例 Do you have time?
（你有時間嗎？）

b. the time = 鐘錶

例 Do you have the time?
（你有鐘錶嗎？=幾點了？）

c. 在路上被問 “Do you have the time?”，並不是對自己有意思。

例） A: Do you have time?（你有時間嗎？）
B: I'm sorry.I have a boyfriend.（抱歉，我有男友了。）

26
我和金醫生有約診。
: I have a reservation with Dr. Kim.
更正後
: I have an appointment with Dr. Kim.

秘訣

a. reservation
=（對於場所或物品）預約

例 預約會議室、飯店房間等。

b. appointment
=（在公開場所對人）預約/見面

例 約診、諮詢預約等。

例） Do you have an appointment with Professor Baek?
（你有和 Baek 教授預約嗎？）
I reserved a table.（我預約了位置。）

MP3/056

27
你有哪些條件？
: What is your spec?
更正後 : What are your qualifications?

a. spec =（物品的）規格
→甚至是 specification 的錯誤簡寫。

b. "What is your spec?" 意思等同於「你的規格是什麼？」

c. 最適合的名詞是 qualifications（資格、條件）。

例） You have enough qualifications for this job.
（你有足夠的條件做這個工作。）
They all have necessary qualifications.（他們都具備了必須條件。）

28
我去了婚禮。
: I went to a marriage.
更正後 : I went to a wedding.

a. wedding = 結婚典禮

例 How was your wedding?
（你的婚禮如何？）

b. marriage
= 結婚、婚姻生活

例 I need your advice on marriage.
（我需要你有關結婚的建議。）

例） Do you believe in marriage?（你相信婚姻嗎？）
It was a beautiful wedding.（這是很美的婚禮。）

29
你們很可愛。
: You people are cute.
更正後 : You guys are cute.

a. 雖然 you people 是 you 的複數形，但根據表現方式的不同，可能會給人輕蔑的感覺而造成誤會。

例 You people are weird.
（你們這些人很奇怪。）

b. 建議 you 的複數形（尤其在口語中）可使用 you guys（不分性別）。

例） Are you guys busy?（你們忙嗎？）
I love you guys.（我愛你們。）

30
我喜歡穿細高跟鞋。
: I enjoy wearing kill heels.
更正後 : I enjoy wearing stilettos.

a. 沒有 kill heels 這個單字。

b. stilettos
＝指鞋跟又細又高的高跟鞋。

c. 與其他鞋子種類相同，一律使用複數。

例） How much are these stilettos?（這雙高跟鞋多少錢？）
Walking in stilettos is not easy.（穿高跟鞋走路並不簡單。）

MP3/057

31
我男友幫忙遊民。
: My boyfriend helps beggars.
更正後
: My boyfriend helps homeless people.

秘訣

a. Begger 字典上的意思是「乞丐」：
 1.幾乎只用在書面。
 2.「乞丐」一詞已不再流行。
b. 建議改用 homeless person（遊民）。

例） I feel bad for the homeless person.（那個遊民讓我感覺不好。）
There are many homeless people in Detroit.（Detroit 的遊民很多。）

32
這是真實的故事。
: This is a real story.
更正後
: This is a true story.

秘訣

a. true story = 真實的故事
b. real story
 = 被虛假故事遮蓋住的真相

例 This is the real story of global warming.
（這是全球暖化的真相。）

例） I'm not sure if it's a true story.（我不確定這是否是真的故事。）
This movie is based on a true story.（這個電影是以真實故事為基礎。）

33
這是我的名片。
: Here's my name card.
更正後 : Here's my business card.

秘訣

a. name card = 名牌

business card = 名片

b. 雖然business card也是name card的一種，但商務上通常還是習慣用business card。

例） Do you have a business card?（你有名片嗎？）

I forgot my business card.（我忘了帶名片。）

34
我去看醫生了。
: I went to a hospital.
更正後 : I went to a doctor's office.

秘訣

a. doctor's office

= 家附近的專科診所

→醫生人數很少。

hospital

= 有各種專科的綜合醫院

→醫生人數很多。

b. 不確定時，可使用see a doctor（看醫生/診療）就不會出錯。

例） I went to a hospital for a checkup.（我去醫院做健康檢查。）

Go see a doctor.（去看醫生。）

35
那個禮物店在哪裡？
: Where's the present shop?
更正後 : Where's the gift shop?

a. present = 禮物
→通常是單獨使用，不放在名詞前面。

例 present (○)
present shop (×)

b. gift = 禮物
→可單獨使用，也可放在名詞前面。

例 gift (○) / gift shop (○)

例） Do you have gift wrap?（你有禮物包裝紙嗎？）
I have a present for you.（我有禮物要給你。）

36
我有藍色的。
: I have blue one.
更正後 : I have a blue one.

a. 把 one 當「~的」的代名詞使用時，作為可數名詞。

b. 前面要加 a/an/the/this/that 或是用複數形。

例 a good one （好的）
light ones（輕的）
the pink one
（那個粉紅色的）

例） Do you have a bigger one?（你有更大的嗎？）
I like these silver ones.（我喜歡那個銀色的。）

37
這是我的錯。
: It's my mistake.
更正後 : It's my fault.

a. Mistake（無心之過）和 fault（錯誤）中文意思不同，也經常被搞混。

例 雖然這次過錯是新進員工造成的，但根本錯誤是上司沒有做好教育訓練。

例） It's not your fault.（這不是你的錯。）
A mistake happened and it's my fault.（過失已經發生，這是我的錯。）

38
Emma 是我的上司。
: Emma is my superior officer.
更正後 : Emma is my boss.

a. superior（officer）的字典意思是「直屬上司」，但太過正式，使用頻率不高。

b. 建議使用 boss 或 supervisor。

例） Who's your boss?（誰是你的上司？）
I hate my supervisor.（我討厭我的老板。）

MP3/059

39
你的母語是什麼？
: What's your mother-tongue?
更正後 : What's your native language?

a. 雖然mother-tongue（母語）並非錯誤，但較常用於書面。

b. 其他還有native language和first language，其中最接近「母語」意思的是native language。

例） Korean is my native language.（韓語是我的母語。）
Is English your native language?（英語是你的母語嗎？）

40
我住套房。
: I live in a one-room.
更正後 : I live in a studio.

a. studio
=沒有房間，只有客廳的構造→套房

b. one-bedroom apartment
=客廳之外再多一個房間→可能會與套房搞混。

例） Do you live in a studio?（你住套房嗎？）
One-bedroom apartments are cheap here.（這裡的一房一廳公寓很便宜。）

現學現用

MP3/060

用英文說出下列的句子，答案在下方。

1. 我大學時很胖。
2. 韓國的汽油貴嗎？
3. 你明天有時間嗎？
4. 你的結婚典禮是何時？
5. 你們有時間嗎？
6. 我買了性感的高跟鞋。
7. 這是真實的故事嗎？
8. 我可以有一張你的名片嗎？
9. 我不認為這是你的錯。
10. 我的母語是法語。

答案

1. When I was in college, I was fat.
2. Is gas expensive in Korea?
3. Do you have time tomorrow?
4. When is your wedding?
5. Do you guys have time?
6. I bought sexy stilettos.
7. Is this a true story?
8. Can I get your business card?
9. I don't think it's your fault.
10. My native language is French.

[名詞]
41 → 60

You're my style.
你是我的菜。

「這句錯了嗎？」
錯了，因為……

41
他們是一對。
: They are couples.
更正後 : They are a couple.

a. 雖然一對是兩個人，但基本上是一個團體，因此看成單數。

例 There's only one couple here.（這裡只有一對。）

b. couples 表示很多對。

例） You two are a cute couple.（你們兩個是可愛的一對。）
There are too many couples here.（這裡有很多對。）

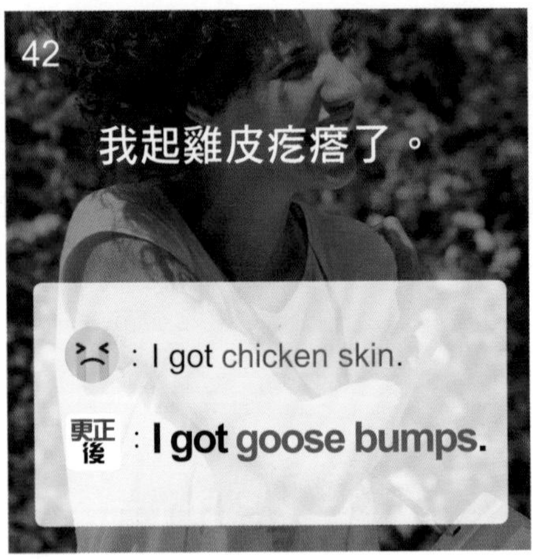
42
我起雞皮疙瘩了。
: I got chicken skin.
更正後 : I got goose bumps.

a. chickenskin 其實是 Keratosis Pilaris（毛囊角化症）。

b. 雞皮疙瘩是goose bumps（鵝皮膚）。雞皮疙瘩不會只有一個，因此用複數。

c. 也可使用chills（雞皮疙瘩）。

例） Do you see these goose bumps?（你看到這些雞皮疙瘩了嗎？）
I just got chills!（我起雞皮疙瘩了！）

MP3/061

43
這只是熱身。
: It was just warming up.
更正後 : It was just a warm-up.

秘訣

a. a warm-up＝熱身（名詞）

b. 熱身 warm up（動詞）的進行式是 warming up。

例 I'm warming up now.
（我正在熱身。）

例） Stretching is a great warm-up.（素描是很好的準備活動。）
I'm warming up the engine.（我正在熱一下引擎。）

44
你有很棒的游泳技巧。
: You have a great swimming skill.
更正後 : You have great swimming skills.

秘訣

a. 很棒的實力通常都由一個以上的技巧組成，因此強烈建議使用複數。

例 speaking skills
（口語能力）

b. 若是指一個具體的技巧，也可以使用單數。

例） Amy has excellent writing skills.（Amy 有很棒的寫作技巧。）
I want to improve my English skills.（我想要提升我的英語實力。）

45
我不喜歡媽寶。
: I don't like mama boys.
更正後 : I don't like mama's boys.

秘訣

a. 注意 s 經常被忽略。

例 McDonald (×)
McDonald's (○)
Congratulation (×)
Congratulations (○)

例） Ally married a mama's boy.（Ally 和一個媽寶結婚了。）
He'll always be a mama's boy.（他一直是一個媽寶。）

46
誰吃了我的冰淇淋？
: Who ate my icecream?
更正後 : Who ate my ice cream?

秘訣

a. ice cream 中間有空格。
b. 參考 #22 girlfriend。

例） I'm craving some ice cream.（我超想要一點冰淇淋。）
How about some ice cream for dessert?（要來點冰淇淋當甜點嗎？）

MP3/062

47
Juliet 是我的同事。
: Juliet is my co-employee.
更正後
: Juliet is my coworker.

秘訣

a. 同事間使用 co-employee（一起被雇用的人）太過僵硬了。
b. coworker（一起工作的人）無論職位高低都可使用，強力推薦。
c. 再正式一點的用法是 colleague。

例） My coworkers are all nice.（我的同事都很好。）
She is my wife as well as my coworker.（她是我的太太也是我的同事。）

48
請幫我叫拖車。
: Please call a wreck car.
更正後
: Please call a tow truck.

秘訣

a. wreck（破壞）＋ car（汽車）
= wreck car（搞破壞的汽車），變成可怕的車了！
b. tow（拖曳）＋ truck（卡車）
= tow truck（拖吊車）
c. 作為參考，tow away 是「拖走」

例） The tow truck is here.（拖吊車來了。）
They towed away my car.（他們拖走了我的車。）

49
我可以要你的簽名嗎？
: Can I get your signature?
更正後 : Can I get your autograph?

秘訣

a. signature
=（有法律效力的）簽名
→ 在契約書、帳單上

b. autograph
=（名人的）簽名
→在書或CD上

c. 對藝人說“Can I get your signature?”，意思是請署名。

例） I need your signature here.（我需要你在這裡簽名。）
I got Elton John's autograph.（我拿到了Elton John的簽名。）

50
好熱。
: I'm hot.
更正後 : It's hot.

秘訣

a. “I'm hot.”重點在感到熱的「我」。
→雖然沒錯，但可能會被誤會成「我很性感。」

b. 把表示天氣的 it 作為主詞。

例 It's cold.（很冷。）
It's raining.（下雨了。）

例） It's chilly today.（今天有點涼。）
Is it still snowing outside?（外面還在下雪嗎？）

MP3/063

51
你用什麼香水？
* 問男生時
: What perfume do you use?
更正後
: What cologne do you use?

秘訣

a. perfume 和 cologne 都是香水的一種，有專業上的差別。

b. 即使有專業上的差異，但一般都會把 perfume 當作女生用，cologne 當作男生用。

例） Thomas bought his cologne for $50.（Thomas 買了 50 美元的香水。）
Theresa is wearing a sweet perfume.（Theresa 噴了迷人的香水。）

52
他不是我的型。
: He's not my style.
更正後
: He's not my type.

秘訣

a. style 用於物品（尤其指衣服）或是想法。

例 裙子、歌、裝潢設計等

b. 説明自己的理想型時，使用 type。

例 You're my type.
（你是我的菜。）

例） Olivia is totally my type.（Olivia 完全是我的菜。）
Am I your type?（我是你的理想型嗎？）

53
我先生是廚師。
: My husband is a cooker.
更正後 : My husband is a cook.

秘訣

a. cook = 廚師
cooker = 飯鍋

例 The cook is using a cooker.
（這個廚師正在使用飯鍋。）

b. 不注意可能會把先生變成飯桶。

c. rice cooker（飯鍋）也是相同意思。

例） My boyfriend is a good cook.（我男友很會下廚。）
I'm a terrible cook.（我廚藝很糟。）

54
你的目標是什麼？
: What's your purpose?
更正後 : What's your goal?

秘訣

a. purpose
= 某種行為的根本意圖
→為何

例 英語學習的 purpose
→和外國人吵架時不想吵輸。

b. goal
=藉由某種行動想達到的最終目標→什麼

例 英語學習的goal
→甚至能使用流暢的英語罵人。

例） The purpose of this diet is to become healthy.（減肥的目的是變得健康。）
And my goal is to lose 10kgs.（以及我的目標是減 10 公斤。）

MP3/064

55
來玩籃球吧！
: Let's play a basketball.
更正後 : Let's play basketball.

秘訣

a. basketball前面加a/the/this/my，就變成可數名詞的「籃球」。

b. 若沒有加，就是不可數名詞「籃球」。

c. 還有baseball（棒球）和football（美式足球）也是同理。

例） Is this your basketball?（這是你的籃球嗎？）
I'm good at basketball.（我很會打籃球。）

56
租金多少？
: How much is the rent fee?
更正後 : How much is the rent?

秘訣

a. rent本身就是「租金」的意思。

例 The rent is expensive here.（這裡的租金很貴。）

b. 沒有加fee（手續費）的理由。

例 The rent fee is cheap. (×)

例） I forgot to pay this month's rent!（我忘記付這個月的租金了！）
When is the rent due?（租金何時要付？）

57
我的座位在哪裡？
: Where's my chair?
更正後 : Where's my seat?

秘訣

a. chair = 椅子
seat
= 座位（表示位置的概念性意義）

例 表演場地的 seats 不夠，所以趕快在外面加 chairs。飛機、汽車、電影院的座位都是 seats。

例） I think this is my seat.（我想這是我的位置。）
I can't find my seat.（我找不到我的座位。）

58
你早上可以叫我嗎？
: Can you give me a morning call?
更正後 : Can you give me a wake-up call?

秘訣

a. 電話叫醒服務並非只能在早晨使用，所以不加 morning，而是使用 wake-up（醒來）。
b. give someone a wake-up call = 用電話叫醒。

例） We can give you a wake-up call.（我們可以用電話叫醒你。）
I would like a wake-up call at 7.（請在 7 點用電話叫醒我。）

MP3/065

59
我們的總公司在首爾。
: Our headquarter is in Seoul.
更正後
: Our headquarters is in Seoul.

秘訣

a. 總公司是 headquarters，雖然加 s，但看作單數。

例 Our headquarters is in Busan.
（我們總公司在釜山。）

b. 不加 s 的情況非常少見。

例） Where's your headquarters located?（你的總公司在哪裡？）
Our headquarters recently moved to Tokyo.
（我們的總公司最近搬到東京。）

60
你需要塑膠袋嗎？
: Do you need a vinyl bag?
更正後
: Do you need a plastic bag?

秘訣

a. 塑膠袋
= vinyl bag (×)
plastic bag (○)

b. 紙袋
= paper bag / brown bag

c. 為求方便簡寫成 plastic/paper。

例） Can I get an extra plastic bag?（我可以再要一個塑膠袋嗎？）
Paper or plastic?（要紙袋還是塑膠袋？）

現學現用

MP3/066

用英文說出下列的句子，答案在下方。

1. 你們是一對嗎？
2. 她的口說技巧很棒。
3. Amy 不是我的同事。
4. 你需要拖吊車嗎？
5. 你想要我的簽名嗎？
6. 這瓶男性香水太貴了。
7. 你完全是我的菜。
8. 我的目標是說日語。
9. 這裡有空座位！
10. 我不需要塑膠袋。

答案

1. Are you guys a couple?
2. She has good speaking skills.
3. Amy is not my coworker.
4. Do you need a tow truck?
5. Do you want my autograph?
6. This cologne is too expensive.
7. You are totally my type.
8. My goal is to speak Japanese.
9. There's an empty seat!
10. I don't need a plastic bag.

OPEN
SUITE
107

[名詞]
61 → 80

You have no manner.
你沒有禮貌。

「這句錯了嗎？」
錯了，因為……

61
我女友是空服員。
UNITED
: My girlfriend is a stewardess.
更正後 : My girlfriend is a flight attendant.

秘訣

a. 比起 steward（男性空服員）/stewardess（女性空服員），沒有性別之分的 flight attendant 更常被使用。
b. 在飛機上也常使用 crew member。

例） I want to be a flight attendant someday.（有朝一日我想成為空服員。）
She married a flight attendant.（她與空服員結婚了。）

62
這裡有 ATM 嗎？
: Is there an ATM machine in here?
更正後 : Is there an ATM in here?

秘訣

a. ATM（Automatic Teller Machine）的縮寫中已經包含了 machine。
b. ATM machine 是 "Automatic Teller Machine machine"。

例） Is there an ATM around here?（這附近有 ATM 嗎？）
There's an ATM across the street.（穿越街道後有一台 ATM。）

MP3/067

63
你沒有禮貌。
: You have no manner.
更正後
: You have no manners.

a. 必須使用 manners（複數）才表示「禮貌/禮儀」。

例 a man with good manners
（有禮貌的男生）

b. manner（單數）表示「方式」。

例 an efficient manner
（有效的方式）

例） Your friend has good manners.（你朋友很有禮貌。）
Do you know anything about manners?（你可知道什麼是禮貌嗎？）

64
這個有很高的卡路里。
: This has high calorie.
更正後
: This has many calories.

a. 卡路里是可數名詞，超過 1 單位卡路里就用複數。

例 1 calorie = 1卡
75 calories = 75卡

b. 另外，不是高（high）卡路里，而是很多（many）的卡路里。

例） How many calories does it have?（這個有多少卡路里？）
It has 350 calories.（這個有 350 卡。）

65
你要穿那件洋裝嗎？
: Are you going to wear that one-piece?
更正後 : Are you going to wear that one-piece dress?

秘訣

a. piece = 衣服數量單位
one-piece
= 一整件（形容詞）
b. one-piece 後面加上衣服種類，才表示名詞「連身裙」。

例 one-piece costume
（連身裙）

例） I love this pink one-piece dress.（我喜歡這件粉紅色的洋裝。）
How many pieces do you have?（你有多少件？） *試衣間職員的詢問

66
你預約了租車嗎？
: Did you book a renter car?
更正後 : Did you book a rental car?

秘訣

a. 租賃汽車不是 renter car，而是 rental car。
b. 這可能是因 renta car 發音相近而產生的錯誤。

例） I already booked a rental car.（我已經預約了一台租車。）
Rental cars are expensive in New York.（在紐約租車很貴。）

67
我有兩個行李箱。
: I have two baggages.
更正後
: I have two bags.

a. baggage / luggage
= 行李
→兩個都是不可數名詞

例 2 baggages (×)
3 luggages (×)

b. 如果要數，就改成 bag（行李）。

例 2 baggages (×)
2 bags (○)

例） How many bags do you have?（你有幾件行李？）
I'm taking only one bag on the plane.（我在飛機上只會帶一個行李。）

68
這是你的隨身行李嗎？
: Is this your carrier?
更正後
: Is this your carry-on (bag)?

a. 旅行箱 = carrier (×)
carry-on（bag） (○)
→可能是因為 carrier 與 carry-on 發音相似，容易搞混。

b. 也建議使用 suitcase 或 travel bag。

c. 注意：carrier bag
= 購物時，裝東西的購物袋。

例） How many suitcases do you have?（你有幾件行李？）
I've lost my carry-on bag.（我遺失了隨身行李。）

69
爆胎了。
: I have a punk tire.
更正後
: I have a flat tire.

秘訣

a. punk 是男生之間互相輕視的稱呼，後來轉變成類似「呆子」之類的感覺。
b. I have a punk tire.
= 我有一個笨輪胎。
→不合理的句子
c. flat tire = 爆胎的輪胎

例） How many flat tires do you have?（你有幾個爆胎的輪胎？）
The front tires are both flat.（前輪都爆胎了。）

70
誰是你的未婚妻？
: Who is your fiance?
更正後
: Who is your fiancée?

秘訣

a. fiance = 未婚夫
fiancée = 未婚妻
b. 兩者的發音相似。

例） Greg and his fiancée bought a house.（Greg 和他的未婚妻買了房子。）
Is your fiance a doctor?（你的未婚夫是醫生嗎？）

MP3/069

71
你必須吃藥。
: You must take drugs.
更正後 : You must take medicine.

秘訣

a. drugs 和 medicine 都是「藥」，雖然有些地區都可使用，但 drugs 根據文意可能是指「毒品」。
b. 一般的藥品用 medicine 較保險。

例） I've been taking medicine for a week.（我服藥已經一個禮拜了。）
It's time to take your medicine.（你吃藥的時間到了。）

72
誰得獎了？
: Who won the prize?
更正後 : Who won the award?

秘訣

a. prize
=（比賽中透過競爭）獎→ 獎的金錢價值較高
例 活動的募集商品
b. award
=（來自業界的稱讚）獎→ 獎的象徵意義較高
c. 也有兩者互相交替使用的情況。

例） The top prize is a plane ticket to Las Vegas!
（最大獎是到拉斯維加斯的機票！）
Kim HaeSu won the award again!（Kim HaeSu 再次贏得獎牌！）

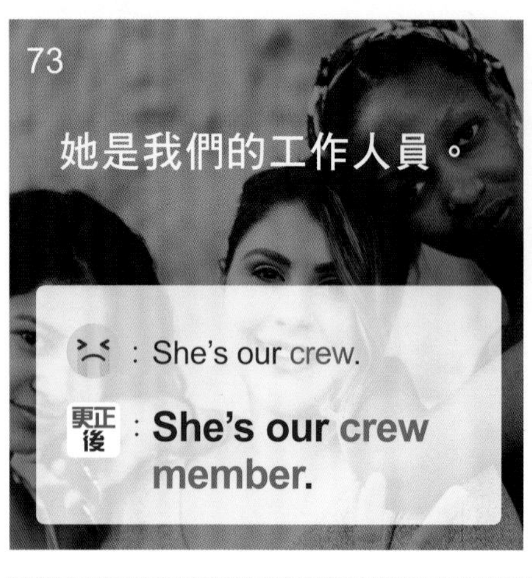
73
她是我們的工作人員。
: She's our crew.
更正後 : She's our crew member.

a. crew = 全體工作人員
crew member
= 一名工作人員

例 I'm a crew. (×)
I'm a crew member. (○)

b. crews 表示多個單位的工作人員。

例） Are you a crew member here?（你是這裡的工作人員嗎？）
I'm one of the crew.（我是工作人員之一。）

74
這是 6 個小時的手術。
: It was a 6-hour surgery.
更正後 : It was a 6-hour operation.

a. surgery = 手術
→「手術」的概念/不可數

b. operation = 手術
→實際的手術行為/可數

c. 手腕發炎，需要surgery
→手術的概念
接受一個小時的operation
→手術行為

例） An operation was performed to remove the tumor.
（施行手術以移除腫瘤。）
You might need surgery.（你可能需要手術。）

MP3/070

75
我做了美式炒蛋。
: I made egg scramble.
更正後 : I made scrambled eggs.

秘訣

a. egg（雞蛋）+ scramble（雜亂的）
= egg scramble（雞蛋亂七八糟？）

b. scrambled（雜亂的 + eggs（雞蛋）
= scrambled eggs (◯)

例） They make good scrambled eggs here.（這裡的美式炒蛋很好吃。）
Let me get the scrambled eggs.（請給我美式炒蛋。）

76
我在電視上
看到這個廣告。
: I saw the advertisement on TV.
更正後 : I saw the commercial on TV.

秘訣

a. advertisement
=（報紙、雜誌等）廣告

b. commercial
=（TV、廣播等）影像/聲音形式的廣告

c. 偶爾會有以 advertisement 代替 commercial 的情形。

例） Where did you see our advertisement?（你在哪裡看到我們的廣告？）
Did you watch the new Pepsi commercial?（你看到新的 Pepsi 廣告了嗎？）

77
我有一個好消息。
: I have a good news.
更正後 : I have good news.

a. news = 消息、新聞
→不可數名詞

例 有很多消息。
There are many news. (×)
There's a lot of news. (◯)

b. 一則消息或新聞是 a piece of news，但並不常見。

例） We have breaking news.（我們有新聞快報。）
I saw it on the news.（我在新聞上看到了。）

78
你最近如何？
: What's up, dude?
更正後 : What's up, girl?

a. dude（朋友）一般是男生之間的稱呼。

b. 女生之間用 girl 或姓名稱呼較自然。

例 Are you okay, girl?
（你還好嗎？）
What's up, Hannah?
（近來如何，嗯？）

例） What's going on, dude?（近來如何？） *對男生
How is it going, Helen?（最近好嗎，Helen？）

MP3/071

79
我週末都會讀英文。
: I study English on weekend.
更正後 : I study English on weekends.

a. 若不是偶爾為之，而是每次都會做的事情，則相關的時間或日期用複數。

例 I go clubbing on Fridays.
（我每個星期五都去俱樂部。）
I stay home on weekends.
（我週末都會待在家。）

例） What do you do on Tuesdays?（你星期二都在做什麼？）
I meet up with my study members on Saturdays.
（我每個星期六都和讀書會成員見面。）

80
這個網站的內容很不錯。
: This website has good contents.
更正後 : This website has good content.

a. content = 內容
→集合名詞/不可數

例 電影內容、演講內容等

b. contents
= 裡面的內容物、目次
→個別的/可數

例 包包裡面的內容物、文法書的目次等

例） You need good content to attract viewers.
（你需要能吸引觀眾的好內容。）
We are an online content provider.（我們是線上內容的提供者。）

現學現用

MP3/072

用英文說出下列的句子，答案在下方。

1. 我的女兒是空服員。
2. 我男友沒有禮貌。
3. 這個點心有 800 卡。
4. 我買了一個新的登機箱。
5. 你的未婚妻很漂亮！
6. 我討厭吃藥。
7. 你不需要手術。
8. 我看見這個廣告在第七頻道。
9. 你有好消息嗎？
10. 我星期一都去學校。

答案

1. My daughter is a flight attendant.
2. My boyfriend has no manners.
3. This snack has 800 calories.
4. I bought a new carry-on (bag).
5. Your fiancée is pretty!
6. I don't want to take medicine.
7. You don't need surgery.
8. I saw the commercial on channel 7.
9. Do you have good news?
10. I go to school on Monday

4 [介系詞/冠詞/其他]

先用英文寫寫看，看寫對了幾個。 * 小心遭到打擊與驚嚇

我在電視[illegible]了。

我在 Instagram 看到你的照片

我買這個花了 100 元。

幫我列印這個。

你多重？

絕對不行！

我向上帝發誓。

寄電子郵件到 abc@xyz.com 給我。

有位置能讓我插進嗎？

安靜一點！

[介系詞/冠詞/其他] 1 → 20

I got A.
我得到 A。

「這句錯了嗎？」
錯了，因為……

1
GONE GIRL
我在電視裡
看到鄭雨盛了。
: I saw 鄭雨盛 in TV.
更正後 : I saw 鄭雨盛 on TV.

秘訣

a. 「在電視裡」若寫成 "in TV"，就表示鄭雨盛進去電視裡面。

b. TV 和 channel 都是使用 on。

例 on TV（在 TV 裡）
on channel 11（在11頻道）

例） I don't want to see her on TV.（我不想在電視裡看到她。）
Did you see me on channel 7?（你有看到我在第七頻道嗎？）

2
這件裙子適合我。
: This skirt fits for me.
更正後 : This skirt fits me.

秘訣

a. fit（尺寸適合）不需要加上 for 或 to。

例 It fits for/to me. (×)
It fits me. (○)

b. fit 的過去式也是 fit。

例） It doesn't fit me.（這不適合我。）
This might fit you.（這個可能適合你。）

MP3/073

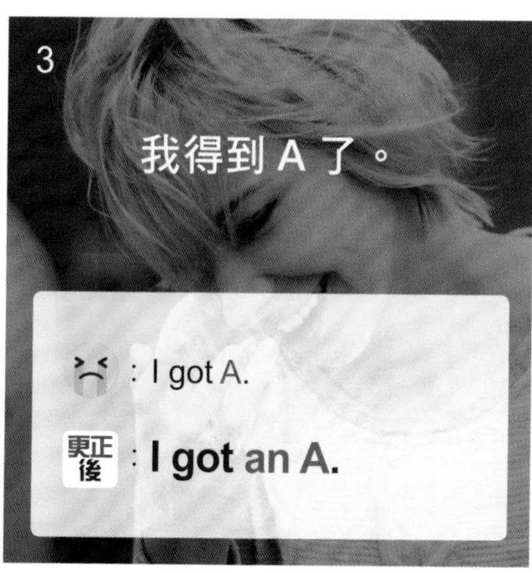
3
我得到 A 了。
: I got A.
更正後
: I got an A.

a. 以英文字母表示成績時，需要 a/an。

例 an A / a B / a C / a D / an F

注意不是"a F"，而是"an F"。

b. 以數字表示成績時，不需要加 a/an。

例 I got 100.

（我得到 100 分。）

例） I need an A.（我需要A。）

Did you get 80?（你得到 80 分了嗎？）

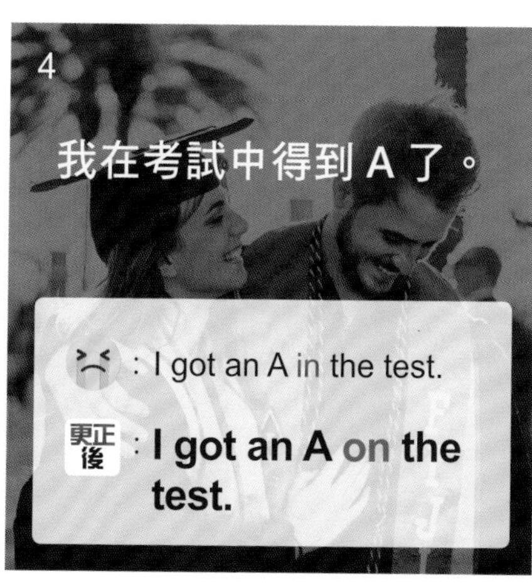
4
我在考試中得到 A 了。
: I got an A in the test.
更正後
: I got an A on the test.

a. on the test = 在考試裡

例 I need an A on the test.

（我必須在考試時得到 A。）

b. in the class = 在課堂上

例 I got a B in the class.

（我這門課得到 B。）

例） I got an F on the math test.（我在數學考試中得到 F。）

What did you get in the physics class?（你在物理課得到幾分？）

5
我出生在 1999 年 11 月。
: I was born on November 1999.
更正後 : I was born in November 1999.

秘訣

a. 必須在年和月前面加 in，才能表示「在~」。

b.

例 in March
（在3月）
in 2050
（在2050年）
in March 2050
（在2050年3月）

例） I was born in 1999.（我出生在 1999 年。）
I moved to Australia in May.（我在 5 月搬到澳洲。）

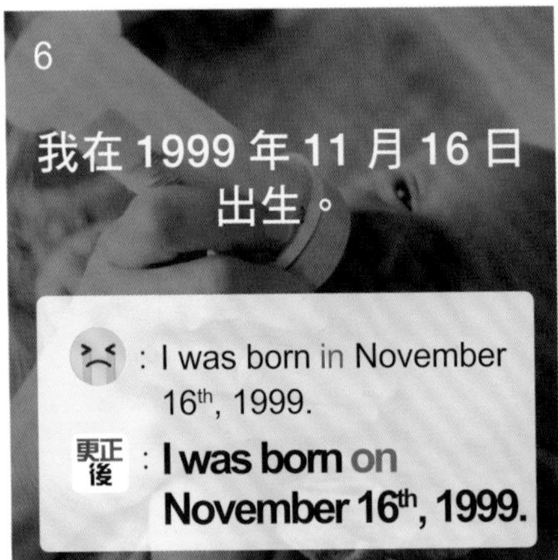
6
我在 1999 年 11 月 16 日出生。
: I was born in November 16th, 1999.
更正後 : I was born on November 16th, 1999.

秘訣

a. 不管句子裡是否有月和年份，只要加上日期（day）就一定使用 on。

b.

例 on April 27th
（在 4 月 27 日）
on April 27th, 1996
（在 1996 年 4 月 27 日）

例） I started working here on May 5th.（我 5 月 5 日在這裡開始工作。）
I moved to Italy on May 5th, 2000.
（我在 2000 年 5 月 5 日搬到義大利了。）

7
我去年從大學畢業。
: I graduated college last year.
更正後 : I graduated from college last year.

秘訣

a. graduate from = 畢業於
b. 即使在口語中聽到省略 from 也不要覺得這是對的，這不是常見的事，文法上也不正確。

例） I graduated from high school in 2012.（我在 2012 年高中畢業。）
When did you graduate from college?（你何時從大學畢業的？）

8
我向女友求婚了。
: I proposed my girlfriend.
更正後 : I proposed to my girlfriend.

秘訣

a. propose 沒有包含「向~」的意思。
→必須加上 to，才表示「向~誰求婚」。
b. 若不加 to，直接加受詞，就變成「提議~」。

例 I proposed my girlfriend.
→是完全不通的句子。

例） Did he propose to you?（他向你求婚了嗎？）
He didn't even propose to me.（他連向我求婚都沒有。）

9
我在 Instagram 看到你的照片了。
: I saw your picture in Instagram.
更正後 : I saw your picture on Instagram.

a. 入口網站（Google、Naver、Yahoo、Facebook 等）前面必須使用 on 來表示「在~」。

例 on our website
（在我們的網站）
on mayuenglish.com
（在 mayuenglish.com）

例） I found this article on Google.（我在 Google 找到了這篇文章。）
I saw it on Youtube.（我在 YouTube 看到你。）

10
我在婚禮上看到我的前男友。
: I saw my ex-boyfriend in the wedding.
更正後 : I saw my ex-boyfriend at the wedding.

a. 派對、會議、婚禮等活動，算是小範圍的場所。
b. 此時應該用 at。

例 at the event
（在這次活動中）

例） I saw Ryan at the expo.（我在博覽會上看到 Ryan 了。）
She sang at the company party.（她在公司派對裡唱了歌。）

MP3/075

11
這個和我的不同。
: This is different than mine.
更正後 : This is different from mine.

秘訣

a. different 絕對不是比較級。
→意思是「不同的」，常被誤認為比較級。

b. 既然不是比較級，就沒有理由使用 than（比~）。

c. different from = 與~不同

例） My dress is definitely different from yours.（我的洋裝確實和你的不同。）
This car is different from the one in the picture.（這台車和照片裡的不同。）

12
對我誠實。
: Be honest to me.
更正後 : Be honest with me.

秘訣

a.「對~誠實」的「對~」看起來好像應該用 to，但其實應該用 with。

b. be honest with
= 對~誠實

例 I'll be honest with you.
（我會對你誠實。）

例） Can I be honest with you?（我可以對你誠實嗎？）
Are you being honest with me?（你對我誠實嗎？）

13
雖然失敗，我不會放棄。
: Despite of failure, I didn't give up.
更正後
: Despite failure, I didn't give up.

秘訣

a. 太熟悉in spite of（儘管），就容易犯despite後面也加of的錯誤。

b. in spite of
= despite = 雖然~

例 in spite of this
= despite this
（雖然如此）

例） Despite the pain, I didn't cry.（雖然痛苦，我沒有哭。）
Despite my effort, they didn't hire me.
（雖然我努力了，但他們沒有雇用我。）

14
不要對我說謊。
: Don't lie me.
更正後
: Don't lie to me.

秘訣

a. 與#8的propose相同，lie也是必須要有to才能表示「對~說謊」。

例 你對我說了謊。
You lied me. (×)
You lied to me. (○)

例） You're lying to me now.（你現在正對我說謊。）
How could you lie to me?（你怎能騙我？）

MP3/076

15
我明天去旅行。
: I'm going to a trip tomorrow.
更正後
: I'm going on a trip tomorrow.

a. 去旅行 = go to a trip (×)
go on a trip (○)
→trip（旅行）不是地點，所以不能用 to。

b. business trip（出差）
honeymoon（蜜月旅行）
picnic（野餐）都是同理。

例） Alice is going on a business trip to Italy.（Alice 去義大利出差。）
Let's go on a picnic.（去野餐吧！）

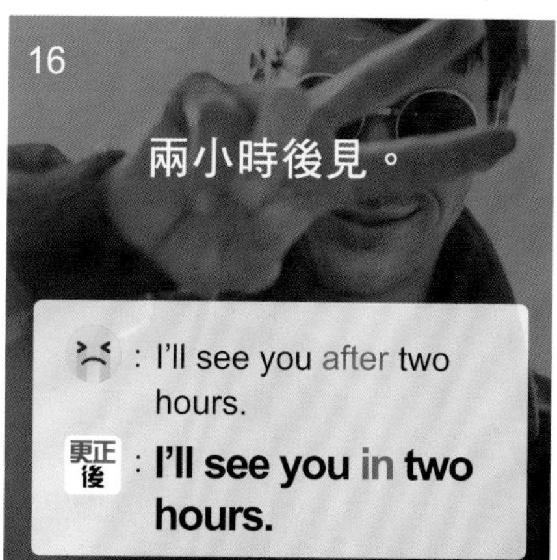
16
兩小時後見。
: I'll see you after two hours.
更正後
: I'll see you in two hours.

a. 時間前面不直接加 after，而是必須加 in，才表示「從現在這時點開始要多久」。

b. in（期間）= 在（期間）

例 in 2 hours
（從現在開始兩個小時）

例） I'll be there in 30 minutes.（我會在 30 分鐘內到達。）
I'll be done in 3 hours.（我會在 3 小時內完成。）

17
我們 30 分鐘前到達這裡了。
: We arrived here 30 minutes before.
更正後 : We arrived here 30 minutes ago.

秘訣

a. 期間後面不是加 before，而是 ago，才能表示「多久之前」。
b. （期間）ago
=（多久期間）之前

例 30 minutes ago
（30 分鐘之前）

例） I got here an hour ago.（我一小時前到達這裡了。）
I met Ashley 3 years ago.（我三年前遇見了 Ashley。）

18
這件緊身褲是我的。
: This leggings is mine.
更正後 : These leggings are mine.

秘訣

a. 複數名詞之前用 these，不是 this。
b. this（單數名詞）
=這個（單數名詞）
these（複數名詞）
=這些（複數名詞）

例 this pants (×)
these pants (○)

c. 保證是常犯錯誤 TOP10。

例） I love these donuts.（我喜歡這些甜甜圈。）
These boots are too old.（這雙靴子太舊了。）

MP3/077

19
來吃午餐吧！
: Let's have a lunch.
更正後 : Let's have lunch.

a. breakfast、brunch、lunch、dinner、dessert 都不用 a/an。

例 I had lunch with him.
（我和他吃午餐。）

b. 若前面有形容詞，就可用 a。

例 I had a late lunch with him.
（我和他比較晚吃午餐。）

例） I had dinner with Jenny.（我和 Jenny 吃了晚餐。）
I had a romantic dinner with Kelly.（我和 Kelly 有個浪漫的晚餐。）

20
去購物吧！
: Let's go to shopping.
更正後 : Let's go shopping.

a. 去購物
go to shopping (✕)
go shopping (◯)

b. go +（~ing）
= 去做（~ing）

例 go fishing（去釣魚）

例） I went bowling with my friends.（我和朋友們去打保齡球。）
I can't go swimming this time.（我這次不能去游泳。）

現學現用

MP3/078

用英文說出下列的句子，答案在下方。

1. 我在電視裡看到妳的先生。
2. 這件毛衣不適合我。
3. 我在這門課得到 B。
4. 這件事發生在 3 月 10 日。 * 預料不到的事
5. 我大學沒有畢業。
6. 你爸爸甚至沒有向我求婚。
7. 在研討會上見。
8. 你為何騙我？
9. 我一小時後離開。
10. 你和我男友一起吃了早午餐嗎？

答案

1. I saw your husband on TV.
2. This sweater doesn't fit me.
3. I got a B in the class.
4. It happened on March 10th.
5. I didn't graduate from college.
6. Your father didn't even propose to me.
7. I'll see you at the seminar.
8. Why did you lie to me?
9. I can leave in an hour.
10. Did you have brunch with my boyfriend?

[介系詞/冠詞/其他]

21 → 40

What's your weight?

你多重？

「這句錯了嗎？」

錯了，因為⋯⋯

21
我和一個模特兒結婚了。
: I got married with a model.
更正後
: I got married to a model.

秘訣

a. 把 marry 換成 get married 以表示「和~結婚」時，用 to，而非 with。
b. get married to = 和~結婚
c. 在英語圈中，表示互相「朝向(to)」對方的意思。

例） He got married.（他結婚了。）
He got married to a doctor.（他和一個醫生結婚。）

22
我可以和
你的姐姐說話嗎？
: Can I talk with your sister?
更正後
: Can I talk to your sister?

秘訣

a. 表示「和～說話」時，用 talk to 比 talk with 更符合文法。
b. talk with 在特定國家是非正式用法，不建議使用。

例） Let me talk to my lawyer.（讓我和我的律師說話。）
I don't want to talk to you right now.（我現在不想和你說話。）

MP3/079

23
我買這個花了 100 元。
: I bought it at $100.
更正後
: I bought it for $100.

秘訣

a. 表示「用了多少錢買/賣」時，價格前面加 for，並非 at。

例 for $10（用 10 元）

b. buy for（價格）
= 用（價格）買
sell for（價格）
= 用（價格）賣

例） I bought this lipstick for $20.（我買這個口紅花了 20 元。）
I sold my Gucci bag for $500.（我用500元賣了我的 Gucci 包包。）

24
她對我微笑。
: She smiled to me.
更正後
: She smiled at me.

秘訣

a. 表示「對~微笑」時，smile 後面不是 to，是 at。

例 Don't smile at me.
（不要對我微笑。）

b. laugh（笑）也是同理。
laugh at = 嘲笑

例） Are you smiling at me?（你正在對我微笑嗎？）
Are you laughing at me?（你正在嘲笑我嗎？）

25
我等了兩個月。
: I've been waiting during two months.
更正後 : I've been waiting for two months.

秘訣

a. during
=（時期或狀況）在~期間
例 during the seminar
（在研討會期間）
b. for = 期間
例 for 3 years（3年之中）

例）I dozed off during the class.（我在課堂上打瞌睡了。）
Jake worked out for an hour.（Jake 運動了一小時。）

26
這個和我一樣。
: This is the same with mine.
更正後 : This is the same as mine.

秘訣

a. 表示「和~一樣」時，same 後面加 as，不是 with。
b. 養成 same 前面加 the 的習慣。
c. the same as = 和~一樣

例）It's not the same as mine.（這個和我的不一樣。）
Is this skirt the same as yours?（這件裙子和你的一樣嗎？）

MP3/080

27
真是不得了的天氣！
: What a weather!
更正後 : What weather!

秘訣

a. What + a(n) +（名詞）
= 不得了的（名詞）！

例 What a night!
（真是不得了的夜晚！）

b. 但是對於不可數名詞，前面不要再加 a(n)了。

例 What a weather! (×)
weather（天氣）是不可數名詞。

例） What a day!（真是不得了的一天！）
What awful weather!（真是可怕的天氣！）

28
我在紐約讀書。
: I'm studying at New York.
更正後 : I'm studying in New York.

秘訣

a. 表示「在~」時，國家、州、城市前面是 in，不是 at。

b. 國家 : at Korea (×)
in Korea (○)
州 : at California (×)
in California (○)
城市 : at Paris (×)
in Paris (○)

例） She is working in James Town.（她在 James Town 工作。）
I go to school in Florida.（我在佛羅里達上學。）

29
我進去房間了。
: I entered into the room.
更正後 : I entered the room.

a. enter 意思是「進去裡面」，因此不需加 into（去裡面）。

b. 加 into 就有重複累贅之嫌。

例） Belle entered the castle.（Belle 進去了那個城堡。）
Do not enter this area.（不要進入這個區域。）

30
我擅長運動。
: I'm good in sports.
更正後 : I'm good at sports.

a. 表示「擅長~」時，使用 be good at，而不是 be good in。

*雖然偶爾會使用 in，但不建議。

例 I'm good at running.
（我擅長跑步。）

例） I'm good at soccer.（我擅長足球。）
Are you good at driving?（你很會開車嗎？）

31
請幫我列印這個。
: Print this for me.
更正後 : Print this out for me.

a. print = 印刷

print out = 列印

b. print 包含的意義範圍較廣；使用一台列表機印出文件時，通常加 out。

例）I have to print this out.（我必須列印出這個。）

Can I print this out here?（我可以在這裡列印嗎？）

32
我頭痛。
: I have headache.
更正後 : I have a headache.

a. 不是特別嚴重的症狀，尤其是以 cold（感冒）、ache（痛症）結尾時，會加 a/an。

例 我感冒了。

I have cold. (╳)

I have a cold. (◯)

我腰痛。

I have backache. (╳)

I have a backache. (◯)

例）I have a toothache.（我牙痛。）

Do you have a cold?（你感冒了嗎？）

33
來投資我們公司。
: Invest to our company.
更正後
: Invest in our company.

秘訣

a. 表示「投資在~」時，意思是投資進去，因此不是to，是in。

例 in funds（投資基金）
in us（投資我們）

b. 商業英語中不斷出現的錯誤。

c. 也可表示投資在人的身上。

例） Don't invest in stocks.（不要投資股票。）
I invested $1,000 in them.（我向他們投資了1,000美金。）

34
幫忙我這個。
: Help me about this.
更正後
: Help me with this.

秘訣

a. 表示「幫忙有關~」時，不用about，而是with。

b. Help A + with B
= 幫忙A有關B

例 Help me with this pizza.
（這個披薩幫我一下。）
→可表示請求幫忙製作或是幫忙吃掉。

例） I can help you with that.（我可以幫你那個。）
I helped Jane with her homework.（我協助Jane的家庭作業。）

35
哪一件裙子？
: What skirt?
更正後
: Which skirt?

秘訣

a. 在有限的選擇中挑選時，不是用 what（什麼），而是用 which（哪個）。

例 沒有選項時：

what color do you like？

（你喜歡什麼顏色？）

有幾個顏色供挑選時：

Which color do you want？

（你想要哪個顏色？）

例） Which song do you like most?（你最喜歡哪首歌？） *有清單時

What song do you like most?（你最喜歡什麼歌？） *沒有選項，只是詢問

36
這是誰的香奈兒包包？
: Who's Chanel bag is this?
更正後
: Whose Chanel bag is this?

秘訣

a. 因發音相同，容易搞混的單字：

who's = who is

whose = whose（誰的）

b. Whose（名詞）is this？

= 這是誰的（名詞）？

例 Whose song is this?

（這是誰的歌？）

例） Who's that girl?（那個女生是誰？）

Whose number is this?（這是誰的號碼？）

37
不要再炫耀了。
: Stop showing up.
更正後
: Stop showing off.

秘訣

a. 使用頻率很高。
經常出現的錯誤：
Show up = 出現、到場
Show off = 炫耀

例） Did he show up to your wedding?（他有來你的婚禮嗎？）
Did he show off his skills?（他有炫耀自己的能力嗎？）

38
你多重？
: What's your weight?
更正後
: How much do you weigh?

秘訣

a. What's your weight?
= 你的體重是多少？
→雖然是正確的句子，但專用在醫院等地方。

b. How much do you weigh?
= 你多重？
口語上把 weigh 當動詞用會更自然。

例） How much does your puppy weigh?（你的小狗有多重？）
I weigh 110 pounds.（我重 110 磅。）

MP3/083

39
你多高？
: What's your height?
更正後 : How tall are you?

a. What's your height?

= 你身高多少？

雖然句子正確，但這也是專用於醫院等地方。

b. How tall are you?

= 你多高？

在口語上把 tall 當形容詞用會更自然。

例） How tall is your boyfriend?（妳男友多高？）

I am 6 feet tall.（我高 6 英呎。）

40
我到巴黎了。
: I've arrived at Paris.
更正後 : I've arrived in Paris.

a. arrive at = 到達~

→這不是絕對的公式。

b. 到達不是限定場所的「國家、州、都市」時，不用 at，而是用 in。

例 我們到達東京了。

We arrived at Tokyo. (×)

We arrived in Tokyo. (○)

例） I just arrived at the terminal.（我剛抵達客運站。）

What time did you arrive in San Diego?（你幾點抵達聖地牙哥的？）

現學現用

MP3/084

用英文說出下列的句子，答案在下方。

1. 我想和你的經理說話。
2. 我把手錶賣了 100 元。
3. 我的小狗名字和我的一樣。
4. 我在首爾出生。
5. 你很會唱歌嗎？
6. 我胃痛。
7. 我想要投資你。
8. 你想要看哪一部電影？
9. Lucy 炫耀她的身體。
10. 我在 5 點抵達了 Beverly Hills。

答案

1. I want to talk to your manager.
2. I sold my watch for $100.
3. My puppy's name is the same as mine.
4. I was born in Seoul.
5. Are you good at singing?
6. I have a stomachache.
7. I want to invest in you.
8. Which movie do you want to watch?
9. Lucy showed off her body.
10. I arrived in Beverly Hills at 5.

[介系詞/冠詞/其他]

41 → 60

Fighting, Taiwan!

加油，台灣！

「這句錯了嗎？」

錯了，因為……

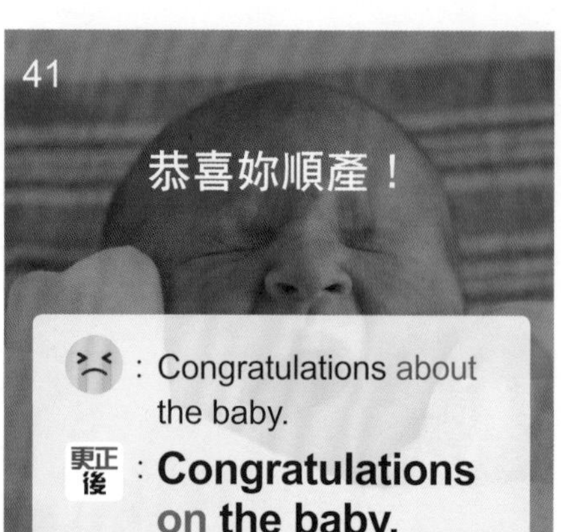
41
恭喜妳順產！
: Congratulations about the baby.
更正後 : Congratulations on the baby.

a. 首先，Congratulation 後面一定要加 s。
b. 也可簡寫成Congrats!（恭喜！）
c. 表示「對~恭喜」時，不是用 about 或 for，而是用 on。

例） Congratulations on your achievement.（恭喜你的成就。）
Congratulations on the promotion.（恭喜升遷。）

42
我昏迷了。
: I passed away.
更正後 : I passed out.

a. pass away = 去世
pass out = 昏迷
只是介系詞不一樣，命運就大不同！
b. 也可用於太過疲倦或喝醉酒昏迷時。

例） I was so tired that I passed out.（我太過疲倦，所以昏迷了。）
He was so sick that he passed away.（他病得太重，過世了。）

43
絕對不行！
：Never!
更正後：No way!

a. 想要強調 "No!" 時，雖然可用 "Never!"，但太偏向書面語，反而會被笑。

b. "No way!" 更自然
= 絕對不行！/完全討厭！/不可能！

例） A : Can I eat your chicken?（我可以吃你的雞肉嗎？）
B : No way!（不行！）

44
加油，韓國！
：Fighting, Korea!
更正後：Let's go, Korea!

a. 比賽的加油
= Let's go,（球隊名字）

b. 一起把事做好的加油。
= Let's do this!
Let's make this happen!

c. 面試、相親、考試等的加油
= Good luck! / Go get 'em!

例） Let's go, Dodgers!（加油，Dodgers！）
Good luck, son!（兒子加油！）

45
打電話來有什麼事？
: Why did you call?
更正後 : What is this about?

秘訣

a. 沒禮貌的感覺
Why did you call?
（你為何打電話來？）

b. 中等的禮貌程度
What is this about?
（打電話來有什麼事？）

c. 最高的禮貌程度
What is this in reference to?
（有何貴事？）

例） A : Can I speak to Mr.Jackson?（我可以和 Jackson 通話嗎？）
B : What is this about?（有什麼事嗎？）

46
小心那個門。
: Watch out the door.
更正後 : Watch out for the door.

秘訣

a. Watch out! = 小心！

b. 要說明「小心~」時，使用 for。

例 小心石頭！
Watch out the rock! (×)
Watch out for the rock! (○)

例） Watch out for that car.（小心那輛車。）
Watch out for the tree.（小心那棵樹。）

MP3/086

47
抵達那裡的話
打電話給我。
: Call me if you get there.
更正後
: Call me when you get there.

a. if 用於不確定是否會發生的事情。

例 if I go（如果我去的話）
→不確定會不會去

b. When 用於幾乎確定會發生的事情。

例 when I go（我去的時候）
→ 基本上會去

例） I'll call you if I visit New York.（如果我參觀紐約，我會打電話給你。）
I'll call you when I visit New York.（當我參觀紐約時，我會打電話給你）

48
為什麼？
: Why?
更正後
: Why not?

a. 對於否定句，回答 “Why not?” 比 “Why?” 更自然。

例 A：I like you.
（我喜歡你。）
B：Why?（為什麼？）
A：I don't like you.
（我不喜歡你。）
B：Why not?
（為什麼不喜歡？）

例） A : I can't see you anymore.（我不再見你了。）
B : Why not?（為什麼不見？）

49
我繳納了帳單。
: I paid for the bill.
更正後 : I paid the bill.

a. pay = 繳納（帳單）

例 Did you pay this bill?
（你繳帳單了嗎？）

b. pay for
=（東西、服務的價格）支付

例 Did you pay for this ticket?
（你付這張票的錢了嗎？）

例） Did you pay the maintenance fee?（你付管理費了嗎？）
I already paid for the coffee.（我已經付了咖啡的錢。）

50
帶傘以防下雨。
: In case of rain, take this umbrella.
更正後 : In case it rains, take this umbrella.

a. in case of （名詞）
= 在（名詞）的情況下

例 in case of rain
（在下雨的情況下）

b. in case（敘述句）
= 以防（敘述句）

例 in case it rains
（以防下雨）

c. 注意不僅是句子構造，意義也不同。

例） In case of fire, use the stairs.（火災時要利用樓梯。）
In case she calls you, take my phone.（拿著我的手機，以免她打電話給你。）

51
而且這是免費的。
: Moreover, it's free.
更正後 : Plus, it's free.

a. moreover（而且）這個單字非常正式，用於口語會非常不自然。

b. 口語上強烈建議使用 and、plus、besides。
→接近「除此之外、甚至」。

例） Besides, she doesn't know me.（除此之外，她不認識我。）
Plus, you get 3 bottles for free.（甚至，你得到 3 瓶免費的。）

52
搭這台公車！
: Get in the bus!
更正後 : Get on the bus!

a. get in = 搭~
→搭乘 car、taxi 等必須彎起身體的交通工具時使用。

b. get on = 搭~
→搭乘 bus、plane、ship 等不需彎起身體的交通工具時使用。

例） Get in the car!（上車！）
Did you get on the plane?（你搭上這架飛機了嗎？）

53
打電話到我的手機。
: Call me to my cell phone.
更正後 : Call me on my cell phone.

秘訣

a. 要求打電話到電話機或某個地點時，使用 on/at，而非 to。
b. 大致上電話機用 on，地點用 at。

例） Can you call me on my mobile phone?（你可以打電話到我的手機嗎？）
I'll call you at the office.（我會打電話到辦公室。）

54
打 010-1234-5678
這支電話給我。
: Call me to 010-1234-5678.
更正後 : Call me at 010-1234-5678.

秘訣

a. 要求打電話到特定電話號碼時，使用 at，而不是 to。

例） You can reach me at 010-1234-5678.
（你可以打 010-1234-5678 這支電話找我。）
Call me at this number.（用這個電話號碼連絡我。）

MP3/088

55
向我道歉。
：Apologize me.
更正後：Apologize to me.

a. apologize（道歉）不包含「向~」的意思。
b. 要說明道歉的對象，需要加上 to。

例 我向他道歉了。
I apologized him. (×)
I apologized to him. (○)

例） We apologize.（我們道歉。）
We apologize to your daughter.（我們向你女兒道歉。）

56
我向上帝發誓。
：I swear at god.
更正後：I swear to god.

a. swear at = 對~咒罵
swear to = 對~發誓
b. "I swear at god." 就變成咒罵上帝的人了。
c. swear 的過去式是 swore。

例） Stop swearing at me.（不要再罵我了。）
I swear to you.（我向你發誓。）

57
寄電子郵件到
abc@xyz.com 給我。
: Email me to abc@xyz.
com.
更正後
: Email me at abc@
xyz.com.

秘訣

a. 要求寄到特定電子郵件地址時，使用 at。
b. 以“send an email”代替動詞“email”時，使用 to。
→不建議使用
例 Send an email to abc@xyz.com.

例） Can you email me at hello@mayuenglish.com?
（你可以寄電子郵件到 hello@mayuenglish.com 給我嗎？）
I sent an email to hello@mayuenglish.com.
（我寄電子郵件到 hello@mayuenglish.com了。）

58
不，我喜歡你。
* 回答否定句的疑問時
: No, I like you.
更正後
: Yes, I like you.

秘訣

a. 當詢問的回答是肯定，就說 yes；回答是否定，就說 no。
b. 若搞混的話，乾脆去除 yes 或 no，直接說結論，也是一個好方法。
例 Yes, I love you. → I love you.

例） A : Don't you like my hairstyle?（你不喜歡我的髮型嗎？）
B : Yes, I like it.（不，我喜歡。）

MP3/089

59
這裡的義大利麵很有名。
: This place is known as its pasta.
更正後 : This place is known for its pasta.

秘訣

a. be known as

= 以（名稱/外號/身分/職業等）廣為人知

例 7-Eleven 以小七廣為人知。

b. be known for

=以（業績/行為/事件等）有名

例 星巴克以好喝的咖啡聞名。

例） Muhan Dojeon is known as Mudo.（無限挑戰以「無挑」廣為人知。）
Muhan Dojeon is known for its funny episodes.
（無限挑戰以有趣的情節知名。）

60
不要再對我吼叫！
: Stop yelling to me!
更正後 : Stop yelling at me!

秘訣

a. yell（吼叫）用 at 取代 to，才表示「向~生氣、大聲斥責」。

b. 補充：nag at

= 向~嘮叨

例 Stop nagging at me!
（不要再向我嘮叨！）

例） Are you yelling at me right now?（你現在在向我吼叫嗎？）
Can you not yell at me?（你可以不要向我吼叫嗎？）

現學現用

MP3/090

用英文說出下列的句子，答案在下方。

1. 恭喜你成功！
2. 我昨天晚上昏倒了。
3. 小心那隻狗。
4. 你繳帳單了嗎？
5. 而且，他們很有錢。
6. 我打了電話到你手機。
7. 打 010-8765-4321 這支電話給我。
8. 我不想向我男友道歉。
9. 你向上帝發誓？
10. Oliver 又向我吼叫。

答案

1. Congratulations on your success!
2. I passed out last night.
3. Watch out for the dog.
4. Did you pay this bill?
5. Plus, they are rich.
6. I called you on your cell phone.
7. Call me at 010-8765-4321.
8. I don't want to apologize to my boyfriend.
9. Do you swear to god?
10. Oliver yelled at me again.

SECURITY
HTML
php
git
NODE

[介系詞/冠詞/其他]

61 → 80

I got stress.
我受到壓力了。

「這句錯了嗎？」
錯了，因為……

61
這裡是哪裡？
* 詢問目前所在地點
: Where is this?
更正後 : Where are we?

a. 詢問目前我們的所在地時，要說“where are we？”（我們在哪裡？）。
b. “Where is this？”用於詢問照片裡的地點。

例） A : Where are we?（這裡是哪裡？）
B : We are in New Jersey.（這裡是紐澤西。）

62
我們那個很足夠。
: We have enough that.
更正後 : We have enough of that.

a. 表示某個東西足夠時，enough（名詞）
= 足夠的（名詞）
b. 使用代名詞時要加 of。
enough of（代名詞）
= 足夠的（代名詞）

例 enough it (×)
enough of it (○)

例） Do we have enough drinks?（我們有足夠的飲料嗎？）
We have enough of this.（我們這個很足夠。）

MP3/091

63
祝我們成功！
: For our success!
更正後 : To our success!

a. 乾杯時說「祝~」，因此容易誤用 for。

b. 英文是「把杯子舉向某處」，因此使用 to。
→直譯是「朝向~」。

例） To our love!（祝我們的愛情！）
Here's to our friendship!（祝我們的友情！）

64
有容納我的空間嗎？
: Is there a room for me?
更正後 : Is there room for me?

a. room 前面加 a，就表示平凡的「房間」。

例 There's a room.
（有房間。）

b. room前面沒有 a，表示抽象的「空間、位置、餘裕」。

例 There's room.
（這有還有空間。）

例） Is there a room for ten?（有容納 10 人的房間嗎？）
There's still room for you in my heart.（我心裡還有你的位置。）

65
每個學生都知道
Mayu 英文。
: Every students know
Mayu.
更正後
: Every student
knows Mayu.

秘訣

a. every 表示「全部」而不是「每次」時，後面用單數名詞。

例 every women (×)
every woman (◯)

b. 動詞也需配合。

例 Every woman have … (×)
Every woman has … (◯)

例） Every guy knows 李孝利.（每個男生都知道李孝利。）
Every mom loves her child.（每個媽媽都愛她的孩子。）

66
幸好今天是星期五。
: Thanks God it's Friday.
更正後
: Thank God it's
Friday.

秘訣

a. Thank God! = 幸好！
經常發生把 thank 寫成 thanks 的錯誤。

b. Thank God 後面也可加敘述句。
Thank God +（敘述句）！
= 因為（敘述句），真是好險！

例） Thank God you're here!（幸好你在這裡！）
Thank God you're not my boyfriend!（幸好你不是我男友！）

MP3/092

67
不要相信我的話。
: Don't trust me.
更正後 : Don't take my word for it.

秘訣

a. Don't trust me.

= 不要相信我。

→意思是連我這個人都不要相信。

b. Don't take my word for it.

= 不要把我的話照單全收。

→「不要太信任我」的感覺較弱。

c. take = 接受

例） Don't trust your friend.（不要相信你朋友。）
You can take my word for it.（你可以相信我的話。）

68
拜託安靜一點！
: Kind of be quiet!
更正後 : Be quiet for God's sakes!

秘訣

a. kind of = 一點

例 You're kind of cute.
（你有一點可愛。）

b. 不能使用於命令句。

例 Kind of come here! (×)

c. 放在命令句裡、表示不耐煩的「拜託！」

= for God's sakes

例 Come here for God's sakes!
（拜託過來這裡！）

例） Study English for God's sakes!（拜託唸英文！）
Stop talking for God's sakes.（拜託不要再講話！）

69
(你的話)沒錯。
: Yeah, right.
更正後
: You're right.

a. 兩者看起來差不多，但“Yeah, right.”若是用了不對的口氣，就會讓人感覺虛偽。

例 A : I finally have a girlfriend!
（我終於有女朋友了！）
B : Yeah, right.
（喔，這樣啊！）

例） A : I think we should apologize to him.（我想我們應該向他道歉。）
B : You're right.（你是對的。）

70
我承受壓力了。
: I'm getting stress.
更正後
: I'm under stress.

1. 沒有 get stress 這種説法。
→get stressed（承受壓力）
2. 使用 under 介系詞。
under stress
=在壓力影響之下
在~之下→承受壓力
（像形容詞一樣使用）

例） My sister is under a lot of stress.（我姊姊受到很大的壓力。）
Are you under stress?（你承受壓力了嗎？）

MP3/093

71
你除了工作還做什麼？
: What do you do beside working?
更正後 : What do you do besides working?

秘訣

a. beside = ~的旁邊

例 There's a ghost beside you!
（你旁邊有鬼！）

b. besides = 除~之外

例 I don't know anyone here besides you.
（除了你之外，這裡我誰都不認識。）

例） He stayed beside me all night.（他整晚待在我旁邊。）
What do you like besides hip hop music?
（除了嘻哈音樂之外，你還喜歡什麼？）

72
我有麻煩了。
: I'm in a trouble.
更正後 : I'm in trouble.

秘訣

a. trouble
= 困難（不可數名詞）
= 麻煩（可數名詞）

b. be in trouble
= 陷入麻煩之中
→表示「麻煩」時，不需加 a。
→意譯「我有麻煩了」。

例） My friend is in trouble.（我的朋友有麻煩了。）
Are you in trouble?（你遇上麻煩了嗎？）

73
問他。
: Ask to him.
更正後 : Ask him.

秘訣

a. 表示「向~詢問」時，ask後面不要再加to了。

例 I asked to him. (×)
I asked him. (○)

b. 就像把“Call me”誤說成“Call to me”。

例）Can I ask you something?（我可以問你一些事嗎？）
Don't ask me about Jerry.（不要問我有關Jerry的事。）

74
我有一點錢。
: I have little money.
更正後 : I have a little money.

秘訣

a. a little = 一點
→表示「有一點點」的肯定感覺。

例 We have a little time.
（我們有一點點時間。）

b. little = 幾乎沒有
→表示非常少量的負面感覺。

例 We have little time.
（我們幾乎沒有時間。）

例）There's a little water in the cup.（杯子裡有一點水。）
There's little food in the fridge.（冰箱裡幾乎沒有食物。）

MP3/094

75
我有幾個朋友。
: I have few friends.
更正後
: I have a few friends.

a. 與 #74 相同道理，放在可數名詞之前。

b. a few = 幾個

例 We have a few options.
（我們有幾個選擇。）

c. few = 幾乎沒有

例 We have few options.
（我們幾乎沒有選擇。）

例） There are a few students in the class.（課堂上有一些學生。）
There are few girls in my group.（我的團隊裡面幾乎沒有女生。）

76
我喜歡有幽默感的男生。
: I like guys who have a sense of humor.
更正後
: I like guys with a sense of humor.

a. 表示「有~」時，常出現困擾要用 who have 還是 that have。

例 男生/男生們 + 有錢
= man/men + who have/has/had money

b. 用 with 就不用煩惱了。

例 男生/男生們 + 有錢
= man/men + with money

例） I bought a house with a swimming pool.（我買了有泳池的房子。）
I like girls with pretty hands.（我喜歡有漂亮的手的女生。）

77
我們提供給我們顧客最好的服務。
: We provide our customers the best service.
更正後 : We provide our customers with the best service.

a. 只表示「提供~」時，不需要 with。

例 I provided everything.
（我提供了一切。）

b. 但提到提供的對象時，就需要 with。

例 I provided her with everything.
（我提供她一切。）

例） Our company provided a van.（公司提供一台廂型車。）
Our company provided us with a van.（公司提供給我們一台廂型車。）

78
請回覆我。
: Please reply me.
更正後 : Please reply to me.

a. reply（回信）這個動詞不包含「向~」，因此一定要加 to。

例 回我的電子郵件。
Reply my email. (×)
Reply to my email. (○)

b. respond（回覆）也是同理。

例） I already replied to him.（我已經回他信了。）
Please respond to our invitation soon.（請盡快回覆我們的邀請函。）

MP3/095

79
我來看你。
: I'm here for see you.
更正後
: I'm here to see you.

秘訣

a. 剛開始學英文時經常犯的錯誤。

b. to（動詞）= 為了（動詞）

例 to improve my English
（為提升我的英文。）

c. for（名詞）= 為了（名詞）

例 for myself
（為了我自己。）

例）I'm working to buy a house.（我正在工作以便買房子。）
I'm working for money.（我為了錢正在工作。）

80
我正在海外工作。
: I'm working in overseas.
更正後
: I'm working overseas.

秘訣

a. overseas 雖然是「海外（名詞）」，但本身也可當「去海外/在海外（副詞）」。

b. 不需要表示「在~」的介系詞 in。

c. 相同意思的 abroad 也是同理。

例）I don't want to move overseas.（我不想移民到海外。）
Do you want to study abroad?（你想要到海外唸書嗎？）

現學現用

MP3/096

用英文說出下列的句子，答案在下方。

1. 祝福 Maria！* 乾杯時
2. 每個人都有問題。
3. 幸好你是我太太！
4. 拜託不要再哭了！
5. 我的兒子受到壓力。
6. 我的哥哥有麻煩了。
7. 我問了我妹妹。
8. 他是很有力量的男人。
9. 你回覆他的電子郵件了嗎？
10. 我想要在海外工作。

答案

1. To Maria!
2. Every person has a problem.
3. Thank God you're my wife!
4. Stop crying for God's sakes!
5. My son is under stress.
6. My brother is in trouble.
7. I asked my sister.
8. He is a man with power.
9. Did you reply to his email?
10. I want to work overseas.

5 [符號/格式]

先用英文寫寫看，看寫對了幾個。　* 小心遭到打擊與驚嚇

例如

我們在凌晨 12 點關門。

這是 Chris 的。

但是，他離開我了。

Holmes 女士

[符號/格式] 1 → 20

例如

「這個錯了嗎？」
錯了，因為……

1
你有 50 美分嗎？
: Do you have ¢50?
更正後 : Do you have 50¢?

秘訣

a. 表示 dollar 的 $ 放在金額前面。

例 25 dollars = 25$ (×)
$25 (○)

b. 表示 cent 的 ¢ 放在金額後面。

例 25 cents = ¢ 25 (×)
25 ¢ (○)

例） The total is $7.（一共是 $7。）
I got this hairpin for 75 ¢ .（我花了75 ¢ 買了髮夾。）

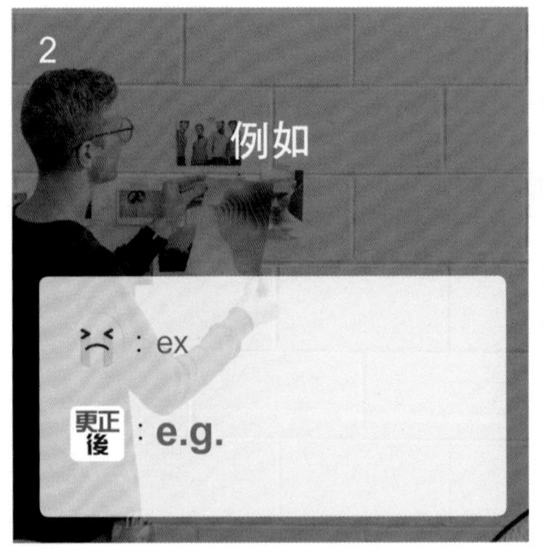
2
例如
: ex
更正後 : e.g.

秘訣

a. ex不是 for example 的縮寫。

b. 使用拉丁語 exempli gratia 的縮寫是 e.g.。

例 e.g. pizza, chicken, etc.

c. 讀作 for example。

例） e.g.lipsticks, eye shadows, blushers, etc.（例如口紅、眼影、腮紅等。）
e.g.Korea, France, Canada, etc.（例如韓國、法國、加拿大等。）

MP3/097

3
我們在下午兩點開門。
Sorry
WE'RE
CLOSED
: We open at pm2.
更正後 : We open at 2pm.

秘訣

a. am（早上）/pm（下午）放在時間後面。

例 早上9點 = am9 (×)
9am (○)
下午5點 = pm5 (×)
5pm (○)

b. 如果不用說明也能區分是早上或下午，就不用加 am/pm。

例 I'll see you at 2.
（2點見。）

例） I woke up at 7am.（我早上 7 點醒來。）
We close at 9pm every day.（我們每天 9 點關門。）

4
他們去年搬到美國了。
: They moved to the U.S last year.
更正後 : They moved to the U.S. last year.

秘訣

a. 使用縮寫時，要嘛就每個字母後面都加 period（.）要嘛乾脆全不加。

例 下午 2 點 = 2p.m (×)
= 2p.m. (○)
= 2pm (○)

例） When did you move to the US?（你何時搬去美國的？）
Let's go to T.G.I.Friday's!（去 T.G.I.Friday's 吧！）

5
我的天啊！
: Oh, my god!
更正後 : Oh, my God!

a. God（上帝）的 g 可主觀選擇大寫或小寫。
b. 若想表示對上帝的尊敬，使用大寫 G；想保持客觀立場時就用小寫 g。
c. 若是專業性的文章，建議使用小寫 g。

例） Thank you, God!（感謝上帝！）
Do you believe in god?（你相信上帝嗎？）

6
美女與野獸
: the beauty and the beast
更正後 : The Beauty and the Beast

a. 寫題目時（根據文章風格或許有點差異），除了冠詞、介係詞、同位連接詞以外的單字，其第一個字母都用大寫。

例 The Power of Love
（愛的力量）
I Live My Life for You
（為你而活）

例） La La Land（樂來越愛你）
The King of the World（世界之王）

MP3/098

7
我喜歡咖啡，像美式咖啡、拿鐵、焦糖瑪奇朵等。
: I love coffee, Americano, Café Latte, Caramel Macchiato, etc.
更正後
: I love coffee: Americano, Café Latte, Caramel Macchiato, etc.

秘訣

a. 羅列與句子有密切相關的單字時，不是使用 comma，而是 colon（：）。

例 I have two favorite car brands: Audi and Lamborghini.
（我有兩個喜歡的汽車品牌：Audi 和 Lamborghini。）

例） She has two friends: Mike and Chris.（她有兩個朋友：Mike 和 Chris。）
I have three types of weapons: eyeliners, blushers, and lip tints.
（我有三種武器：眼線、腮紅和唇蜜。）

8
我喜歡牛奶，
我女友喜歡綠茶。
: I like milk, my girlfriend loves green tea.
更正後
: I like milk; my girlfriend loves green tea.

a. 補充與句子有密切相關的另一個句子時，不是使用 comma，而是 semi-colon（；）。

例 My friends hate Kyle; I don't.
（我朋友討厭 Kyle，我不會。）

例） She has two friends; they are Mike and Chris.
（她有兩個朋友，他們是 Mike 和 Chris。）
I have three types of weapons; they are all cosmetics.
（我有三種武器，全都是化妝品。）

9
謹上
* 用於電子郵件或信件
: Sincerely yours,
更正後
: Sincerely Yours,

a. 在電子郵件或信件裡寫上表示「謹上」的“Yours, Sincerely Yours, Truly Yours”作為結尾時，每個單字的第一個字母都要大寫。

例 Truly yours (×)
Truly Yours (○)

例） Sincerely Yours,
Katie Park（Katie Park 謹上）

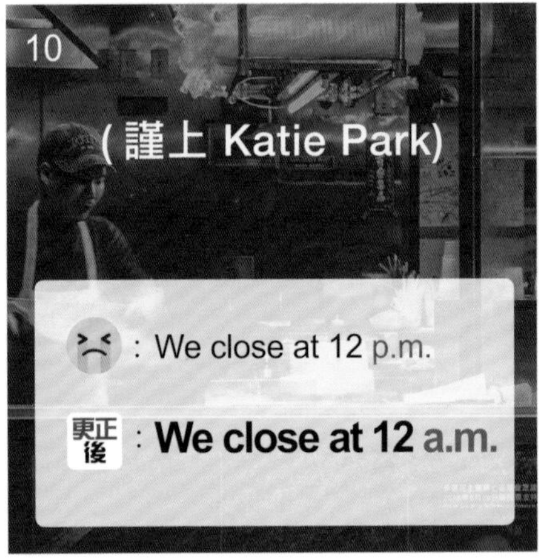
10
(謹上 Katie Park)
: We close at 12 p.m.
更正後
: We close at 12 a.m.

a. 雖然12點感覺是在深夜，但其實被看做一天的開始，因此使用 am。

b. 若使用 pm，就會變成中午 12 點。

例 12 am
= 晚上12點
= 凌晨
12 pm
= 白天12點
= 中午

例） I woke up at 12 a.m.（我在凌晨 12 點醒來。）
I woke up at 12 p.m.（我在中午 12 點醒來。）

MP3/099

11
感謝你的交易！
: Thank you for your business!
更正後 : Thank you for your business.

a. 使用驚嘆號，不但沒有強調意味，反而會給人無禮的感覺。
b. 注意特別是商務關係中，原本想表現熱情，但反而給人不專業的形象。

例） I'll be waiting for your call!!!（我等你的電話喲！！）
I'll be waiting for your call.（我等你的電話。）

12
感謝你的交易。
: THANK YOU FOR YOUR BUSINESS.
更正後 : Thank you for your business.

a. 把所有字母寫成大寫來強調，這比 #11 更不可行。
b. 不僅顯得無禮，更會令人厭煩，即使在 SNS 的聊天環境中，也不建議使用。

例） YOU'RE WELCOME.（沒！關！係！）
You're welcome.（沒關係。）

13
他說：「我愛你。」
: He said, " I love you".
更正後 : He said, " I love you. "

秘訣

a. 引號內的句子要先寫句點再寫下引號。
b. 若是英式英文則相反，把句點寫在引號外面。

例 She said, "I hate you" .
（她說：「我恨你。」）

> 例） Her dad asked, "Who are you?"（她爸爸問：「你是誰？」）
> My girlfriend whispered, "I hate you."
> （我女友小聲地說：「我討厭你。」）

14
我有一個 MP3 播放器。
: I have a MP3 player.
更正後 : I have an MP3 player.

秘訣

a. 名詞前面要加 a 或 an，不是根據拼法，而是發音。
b. 以母音開始用an。

例 an MVP
→M = 雖然 M 不是母音，但發音是母音。

c. 其他用 a。

例 a university
→U = 雖然是母音，但發音不是母音。

> 例） She got an F on the test.（她在考試中得了 F。）
> I've seen a unicorn.（我看過獨角獸。）

15
這是 Chris 的。
: This is Chris's.
更正後 : This is Chris'.

秘訣

a. 以 s 結尾的單字表示所有格時，不要在後面多加 s。

例 James's (×)
James' (○)
dancers's (×)
dancers' (○)

b. 雖然偶爾也會加 s，但已經是過時被捨棄的用法。

例） This is my girls' money.（這是我女兒們的錢。）
Edward is Ellis' boyfriend.（Edward 是 Ellis 的男友。）

16
我和 Lucy 相愛。
: I and Lucy love each other.
更正後 : Lucy and I love each other.

a. 若主詞有兩人以上，且其中一名是我時，我（I）一般都會放在後面，感覺較簡潔。

b. 如果不是口語，把主語寫成 me 就是錯誤用法。

例 Me and my friends
（只用在口語）
My friends and I
（口語、書面）

例） Chloe, Serena, and I went shopping.（Chloe, Serena 和我去購物了。）
My brother and I hate each other.（我弟弟和我討厭對方。）

17
但是，他離開我了。
: But, he left me.
更正後
: However, he left me.

秘訣

a. 在正式文章裡，句子的開始建議用 However，不要用 But。

b. 若想用 but，就要與前一個句子連在一起。

例 I loved him, but he didn't love me.
（我愛他，但是他不愛我。）

例） However, it wasn't easy for me.（但是，這個對我不容易。）
However, she didn't give up.（但是，她不放棄。）

18
這裡有麵包、
冰淇淋、糖果等。
: There were bread, ice cream, candy, etc.
更正後
: There were bread, ice cream, candy, etc.

秘訣

a. etc（其他等等）的簡寫是 etc.，但讀法是 et cetera。

b. 若要強調有很多「其他」，就連續講兩次 et cetera。

例） I like chicken, pizza, etc.（我喜歡雞肉、披薩等等。）
I bought a skirt, shorts, a cardigan, etc.
（我買了一件裙子、鞋子和開襟羊毛衣等。）

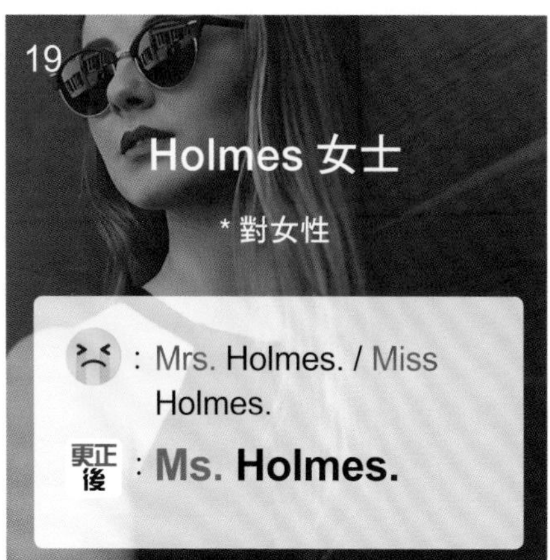
19
Holmes 女士
* 對女性
: Mrs. Holmes. / Miss Holmes.
更正後
: Ms. Holmes.

秘訣

a. Mrs.（已婚女士）/Miss（未婚女士）
對未婚女士使用 Mrs. 是很無禮的，對已婚女士使用 Miss 則無妨。

b. 若不知對方是已婚或未婚，保守起見最好都使用 Ms.。

例） Ms.Baek, you forgot something.（Baek 小姐，您忘了一些東西。）
You're next, Ms.Hilton.（您是下一個，Hilton 小姐。）

20
我想親你。
: I wanna kiss you.
更正後
: I want to kiss you.

秘訣

a. 在正式文章裡絕對不要使用俚語，在口語中也先習慣一般的標準語，再來用俚語也不遲。

b.

例 wanna → want to
gonna → going to
gotta → got to
ain't → am/are/is not
'cause / cuz / cos → because

例） I want to marry you.（我想要和你結婚。）
I'm going to leave soon.（我馬上就要離開了。）

現學現用

MP3/102

用英文說出下列的句子，答案在下方。

1. 我有 75 美分。
2. 例如首爾、大阪、北京等。
3. 我們昨天在晚上 8 點關門。
4. 美國有 50 個州。
5. 題目：世界的盡頭
6. 我喜歡兩個牌子：H&M 和 Forever21。
7. 我們在凌晨 12 點到達。
8. 我媽媽說：「你不醜。」
9. 這是 James 的嗎？
10. 我朋友和我一起讀英文。

答案

1. I have 75 ¢.
2. e.g. Seoul, Osaka, Beijing, etc.
3. We closed at 8pm yesterday.
4. The US has 50 states.
5. Title: The End of the World
6. I like two brands: H&M and Forever21.
7. We arrived at 12am.
8. My mom said, “You're not ugly.”
9. Is this James'?
10. My friends and I study English together.

6 急用句 TOP 10

先用英文寫寫看，看寫對了幾個。　* 小心遭到打擊與驚嚇

目前為止都很好。

穿上衣服吧！

延遲一下那個會議。

我把頭髮剪了。

搭公車吧！

急用句 TOP 10

非常重要，
不能再等了！

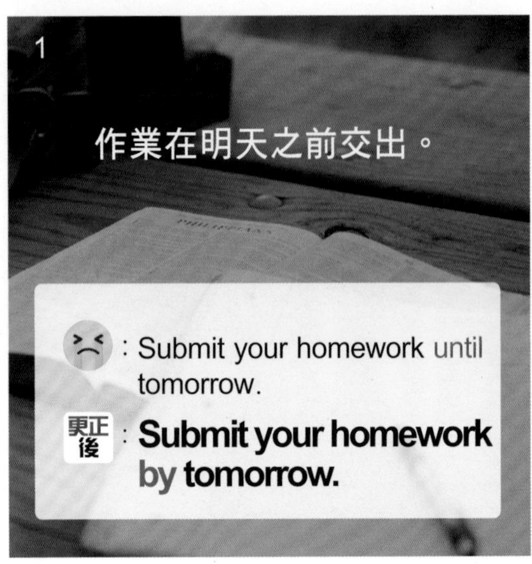
1
作業在明天之前交出。
：Submit your homework until tomorrow.
更正後：Submit your homework by tomorrow.

秘訣

a. until = 到~之前（繼續）

例 在這裡等到 5 點。（Waithereuntil5.）意思是從現在到 5 點為止繼續等待，並不是從現在 5 點只等 1 秒。

b. by = 在~之前（只有一次）

例 我必須在 5 點之前到達那裡。（I have to get there by 5.）從現在到 5 點之前只要到達一次即可，並非從現在到 5 點一直到達。

c. 也可用於否定句。

例 I won't be home until 10.
（我 10 點之前不會在家。）

例：We talked until 10.（我們聊天到 10 點。）
*不是只聊 1 秒，而是持續聊天。
Finish your homework by tomorrow.
（明天之前完成你的作業。）
*只要一次即可

2
目前為止都很好。
: Everything is good until now.
更正後
: Everything is good so far.

a. until now = 目前為止

→暗示從過去到現在都持續發生，但以後就不一樣了。

例 I didn't know your name until now.

（我到現在都不知道你的名字。）

到目前為止都不知道名字，但以後就知道了。

b. so far = 目前為止

→只表示從過去到現在都持續發生，但並未暗示以後會不一樣。

例 I like my job so far.（目前為止我喜歡我的工作。）

只表示到目前為止喜歡工作，並沒有暗示以後喜不喜歡。

例：I thought you were single until now.
（我以為你到目前為止都是單身。）
*以後就不是單身

My computer has no problem so far.
（我的電腦到目前為止沒有問題。）
*沒有暗示以後會不會有問題

3
延遲一下會議。
: Delay the meeting.
更正後 : Postpone the meeting.

a. delay = 使延遲

→並非有意的延遲（延遲的時機未決定）

例 The show was delayed due to the system error.

（因為系統錯誤，表演延遲了。）

The flight is being delayed.（飛機延遲了。）

b. postpone = 延遲

→有意圖的延遲（延遲的時間已確定）

例 We postponed the meeting.（我們延遲了會議。）

It was postponed until Friday.

（這個被延到星期五。）

例：The game was delayed due to the rain.
（比賽因雨延遲了。）
Michael Jackson postponed the rehearsal.
（Michael Jackson 延遲了練習。）

4
穿上衣服！
＊對只穿內褲的孩子說
：Wear some clothes!
更正後：Put on some clothes!

a. wear = 穿著

→強調已經穿上的狀態

例 I'm wearing a shirt.（我穿著T恤。）

指已經穿上 T 恤的狀態，並非穿上衣服的動作。

b. put on = 穿~

→強調穿衣服的動作。

例 I'm putting on pants.（我正穿上褲子。）

指腳伸進褲管、扣上褲帶的穿褲子動作。

c. 穿（鞋子）/ 擦（化妝品）也是同理。

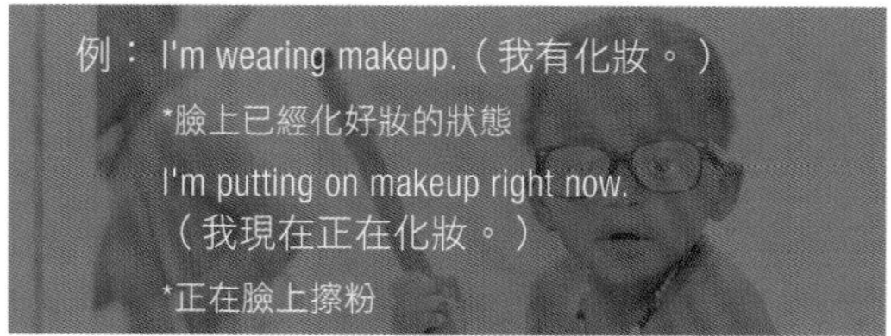
例：I'm wearing makeup.（我有化妝。）
*臉上已經化好妝的狀態
I'm putting on makeup right now.
（我現在正在化妝。）
*正在臉上擦粉

5
試試看運動。
: Try to exercise.
更正後
: Try exercising.

秘訣

a. try to +（動詞）= 努力去（動詞）
動詞是完成的最終目標。

例 I'm trying to lose weight.（我正努力減肥。）
減肥是最終目標。

b. try +（~ing）= 試試看~
→為達成目標所做的試圖、努力。

例 So, I tried exercising.（所以我嘗試運動。）
目標是減肥，所以嘗試運動。

例：I tried to love her.（我努力愛她。）
*愛她是最後的目標
So, I tried seeing her every day.
（所以我試著每天見她。）
*嘗試每天見面以達成目標

MP3/105

6
[注意] At All 比 Not At All 更重要。
:"not at all"
一般都知道"Not At All"。
更正後
:"at all"
卻不知道"At All"。

秘訣

a. "not at all" 意思是「完全不~」，但很多人卻不知道為何是這個意思，也不知道 at all 的意思。

b. at all = 一點也~

c. "not at all" 的由來變化：

1. at all = 一點也
2. not + at all = 一點也不~
3. not at all = 完全不~

比較 Do you love me at all?

（我有一點點是你的菜嗎？）

I don't love you at all.

（你一點也不是我的菜 = 你完全不是我的菜。）

例：Am I your type at all?
（我有一點點是你的菜嗎？）
You're not my type at all.
（你一點也不是我的菜 = 你完全不是我的菜。）

7
我剪頭髮了。
* 在美容院裡剪髮
: I cut my hair.
更正後
: I got my hair cut.

秘訣

a. 不是自己理髮，而是交給理髮師剪
不是自己修電腦，而是交給專家修理
不是自己除痣，而是交給皮膚科醫生處理

b. 像這樣不是自己動手，而是讓別人來做的情況：
→ get +（受詞）+（p.p）
= 把（受詞）變成（p.p）

比較 I washed my car. = 我洗了車子。
I got my car washed.
= 我讓別人洗車 = 交給洗車場

例： I got my body massaged.
（我接受按摩了。）*按摩師做的
I got my nose done.
（我鼻子整形了。）*醫生做的

MP3/106

8
搭公車吧！
*建議搭公車的意思
：Just get on a bus!
更正後：Just take a bus!

秘訣

a. get in/on +（交通工具）= 搭乘（交通工具）的動作
→打開計程車的門進去或上公車階梯的動作

例 Get in the car. It's raining!（上車，正在下雨！）

b. take +（交通工具）= 利用（交通工具）
→ 指利用計程車或公車

例 Take bus #123.（利用 123 號公車）

c. 在中文沒有特別區分「搭乘」或「利用」，因此會混淆是很自然的。

例：I took a plane to Busan.
（我搭飛機到釜山。）
But I got on the plane late.
（但是我上飛機時遲到了。）

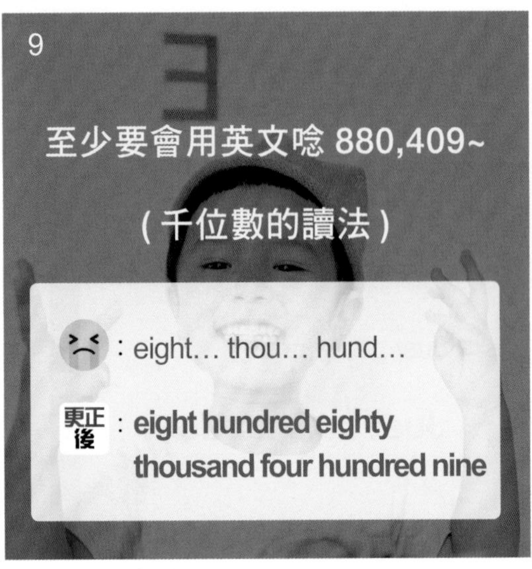
9
至少要會用英文唸 880,409~
（千位數的讀法）
：eight… thou… hund…
更正後：eight hundred eighty thousand four hundred nine

a. 千位數以上的讀法

1. comma 前面的數字先讀
2. comma 讀成 thousand
3. 再讀 comma 後面的數字（000不讀）

例 880,409

1. 880 = eight hundred eighty
2. , = thousand
3. 409 = four hundred nine
4. Eight hundred eighty **thousand** four hundred nine

b. 若是超過百萬呢？

只要把第一個 comma 改成 million 就行了

例 987,654,321

= nine hundred eighty seven **million** six hundred fifty four **thousand** three hundred twenty one

例： 123,456 （one hundred twenty three thousand four hundred fifty six）

10,000（ten thousand）

10
WHY
各種符號的英文總整理
?
：連驚嘆號都不知道怎麼說
更正後：exclamation point

秘訣

+ 加號（plus sign）
- 減號（minus sign）
= 等號（equal sign）
: 冒號（colon）
; 分號（semi-colon）
, 逗點（comma）
$ 美元符號（dollar sign）
% 百分數（percent）
/ 斜線（slash）
\ 反斜線（backslash）
. 句點（period）
. 小數點（decimal point）
... 刪節號（dot dot dot）
? 問號（question mark）
! 驚嘆號（exclamation point）
“ ” 引號（quotation marks）
表示數字（number sign）
電話上的井號（pound sign）
樂譜的升記號（sharp）
~ 波浪號（tilde）
| 垂直線（vertical bar）
* 一般星號（asterisk）
* 電話上的星號（star）
< 小於（less than sign）
> 大於（greater than sign）
@ At（at sign）
^ 插入記號（caret）
& 連結記號（ampersand/and）
_ 底線（underscore）
- 連字號（dash/hyphen）
() 括號（parentheses）
(左括號（left parenthesis）
) 右括號（right parenthesis）
{} 中括號（curly brackets）
{ 左中括號（left curly bracket）
} 右中括號（right curly bracket）
[] 大括號（square brackets）
[左大括號（left square bracket）
] 右大括號（right square bracket）

現學現用

MP3/108

用英文說出下列的句子，答案在下方。

1. 我必須讀到 6 點。
2. 你能在 5 點之前到達這裡嗎？
3. 目前為止一切都很好。
4. 製作人延遲了我的演唱會。
5. 我正穿上裙子。* 正套上裙子
6. 試試看吃蔬菜。* 目的是減肥
7. 我在這裡剪了頭髮。* 指美容室
8. 你至少吃了一點點嗎？
9. 搭計程車吧！ * 搭公車似乎會花太多時間
10. 781,116 的英文是？

答案

1. I have to study until 6.
2. Can you get here by 5?
3. Everything is perfect so far.
4. The producer postponed my concert.
5. I'm putting on a skirt.
6. Try eating vegetables.
7. I got my hair cut here.
8. Did you eat at all?
9. Let's take a taxi.
10. seven hundred eighty one thousand one hundred sixteen

Bonus

「這用英文說得出來嗎?」的句子 TOP 99

為此，
精選出以下句子～

1
誰找到就給誰！
Finders Keepers!

秘訣

a. 如同字面意思「誰找到就給誰」。

2
繼續作夢吧！
Dream on.

秘訣

a. on : 繼續
b. “醒醒吧！”的嘲諷之意。

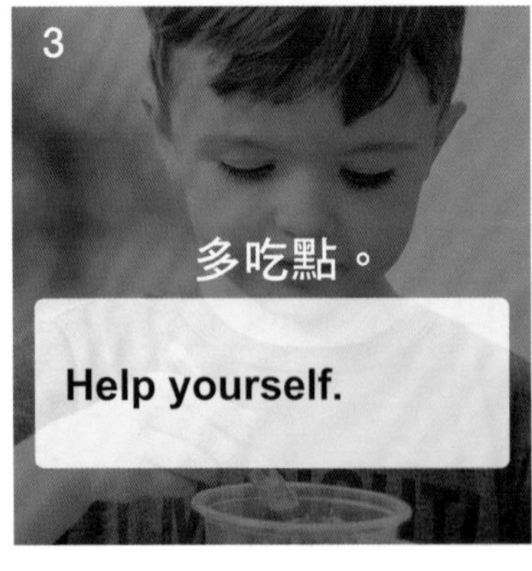
3
多吃點。
Help yourself.

秘訣

a. 意思不是“Eat a lot.”，而是盡量吃。

MP3/109

4
各付各的吧！
Let's go Dutch.

秘訣

a. "Let's Dutch." 不成句子。

b. 意思是各付各的。

5
真是太糟了。
That's messed up.

秘訣

a. 對於別人的行為或話語感到非常失望時。

例 朋友介紹對象卻自己交往。

6
但願…
I wish…

秘訣

a. 與 hope 不同，wish 不是指希望某事發生，而是對不會成真的事情表示惋惜。

例 雖然想買法拉利，但戶頭裡只有 2 萬元。

7
我跟你說過什麼了？
What did I tell you?

秘訣

a. 幾乎已變成慣用語。
b. “I told you!（我告訴過你了！）”也是相同意思。

8
喔，這樣啊！
Yeah, right!

秘訣

a. 分別強調 yeah 和 right，這樣就變成嘲諷的口氣。

9
我們有見過嗎？
Have we met?

秘訣

a. 幾乎已變成慣用語。
b. 以 met 替代 seen 詢問是否見過面，給人的感覺更好。

10
為了什麼？
For what?

a. 詢問行動的目的時，語氣比 why 更強烈。

例 朋友說打電話給前女友時。

11
陌生人危險！
Stranger danger!

a. stranger : 陌生人

b. 孩子出國前一定會叮嚀的話。

12
你也是這樣想嗎？
You think?

a. “Do you think so？（你也是這樣想嗎？）” 的縮略語。

b. 日常生活、電影、電視劇中使用頻率非常高。

13
怎麼樣了？
How did it go?

秘訣

a. go：進行

例 It's going well.（很順利。）
It didn't go well.（不順利。）

14
把這裡當成自己家。
Make yourself at home.

秘訣

a. 對客人說的客套話。

b. 意思是「像在家那樣做自己」。

15
怎麼這麼吵鬧？
What's the buzz?

秘訣

a. buzz：嗡嗡聲、吵鬧

b. 好奇人群吵雜原因時的問句。

MP3/111

16
好極了！
Right on!

秘訣

a. 用在同意或稱讚對方的話或行動時。
b. 與“Alright！”非常類似。

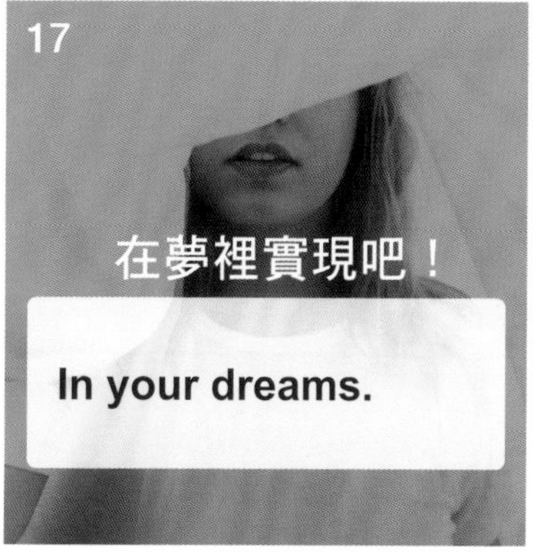
17
在夢裡實現吧！
In your dreams.

秘訣

a. “Dream on.”的另一個版本。
b. “醒醒吧”的嘲諷口氣。

18
所有事情都是有發生原因的。
Everything happens for a reason.

秘訣

a. for a reason : 有理由的
b. 意思是接受命運或對於不嚴重的事情給予安慰。

19
說吧！
Go ahead.

秘訣

a. go ahead : 繼續下去（進行）
b. 叫對方繼續原本的發言或是想說的話。

20
你活該！
You deserve it!

秘訣

a. deserve : 值得~
b. 這裡的 it 是指對方遇到的壞事。

21
你到底怎麼了？
What's up with you?

秘訣

a. 意思是“你因為什麼事情才會這樣？”。
b. 對於對方的言行感到不耐煩時。

22
全說出來吧！
Get it all out.

秘訣

a. get something out : Get something out：掏出~
b. 這裡的 it 是指對方心中累積的煩惱或不滿。

23
我們扯平了。
We're even.

秘訣

a. even : 同等的
b. 意思是現在互不相欠。

24
你夠了沒？
Do you mind?

秘訣

a. 一定要有不耐煩的口氣和表情才會是這個意思。

例 天氣熱，朋友卻一直勾肩搭背。

25
你嚇到我了。
You’re freaking me out.

秘訣

a. freak someone out : 使人驚慌

b. 用於對方做出不合常理的言行時。

26
你也是一夥的嗎？
Are you in on this, too?

秘訣

a. in : 參與其中的
on : 與~相關

例 朋友們集體說謊開玩笑，自己的好友也在內時。

27
不行就是不行！
No means no!

秘訣

a. mean : 意味

例 孩子一直吵著要買玩具時儘管說不，但某人一直纏著。

28
光出一張嘴。
Talk is cheap.

秘訣

a. 意思是「說話不用花錢」。

例 朋友要創業只說不做。

29
我搭這班。
This is me.

秘訣

a. 要搭的公車或地鐵來時簡單說的話。

30
差點就出大事了！
That was close!

秘訣

a. close : 差點發生的

例 對方差點進球時、手機差點掉進馬桶時。

31
不是就算了。
Or not.

秘訣

a. 說了什麼之後，感到氣氛不對時。

例 I think you like me.（認真貌）
Or not.

32
太陽下山來點名，
點到誰就…
Eenie, meenie, minie, moe.

秘訣

a. 用在要隨機選擇什麼時。

b. 沒有一定的拼法

例 eeny, meeny, miney, mo

33
來擊掌吧！
Give me five!

秘訣

a. 要求對方和自己擊掌時，更常說“High five!”。

34
這樣就夠了。
This will do.

秘訣

a. do：充份的

b. 表示某種事物適當或足夠時。

例 調整湯的鹹度時。

35
我會的。
Will do.

秘訣

a. 比“I will.”更偏向俚語。

例 朋友要求連絡時。

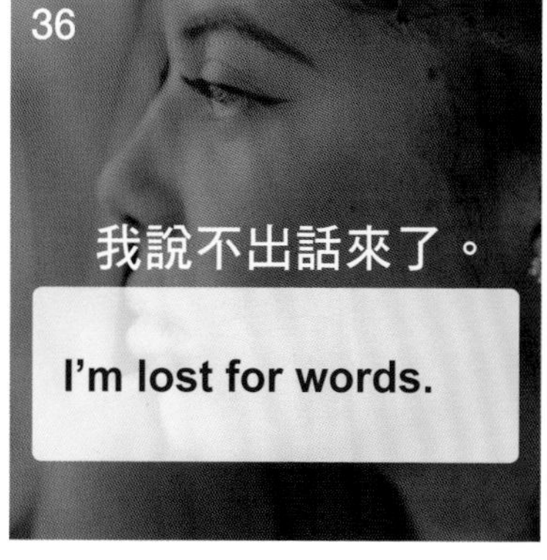
36
我說不出話來了。
I'm lost for words.

秘訣

a. “可代替“I'm speechless.”使用。

例 聽到朋友的分手消息時、看到盒子裡的鑽戒閃閃發光時。

37
他背後陷害我。
He backstabbed me.

秘訣

a. backstab：陷害

b. 突然遭到背叛時用 betray。

38
你是什麼醫生嗎？
What are you, a doctor?

秘訣

a. 用嘲諷的口氣。

例 What are you, a model?
（你是什麼模特兒嗎？）

b. 重點在於使用 comma。

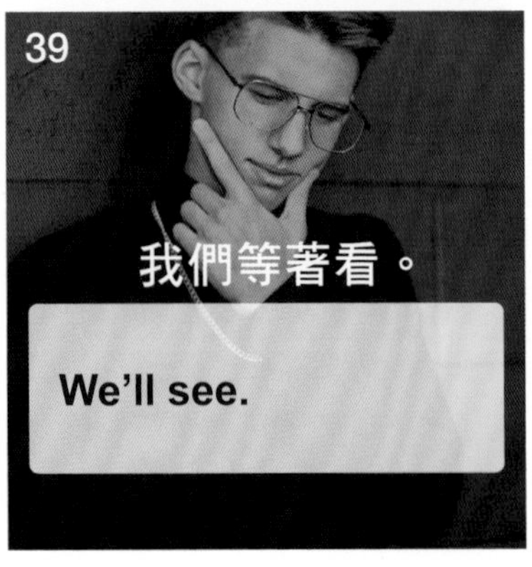
39
我們等著看。
We'll see.

秘訣

a. 對方詢問未來會如何時的回答。

例 我們的關係會變得如何？
他們會分手嗎？

40
管好你自己的事！
Mind your own business!

秘訣

a. mind：介意 / business：事情

b. 意思是「注意你自己的事情」。

41
時代變了。
Times have changed.

秘訣

a. time 用複數表示「時代」。

b. 正在改變的現在比較重要，所以用 have p.p.。

42
你做到了！
You made it!

秘訣

a. make : 做到

b. 這裡的 it 是指對方成功的事。

例 朋友通過試鏡了。

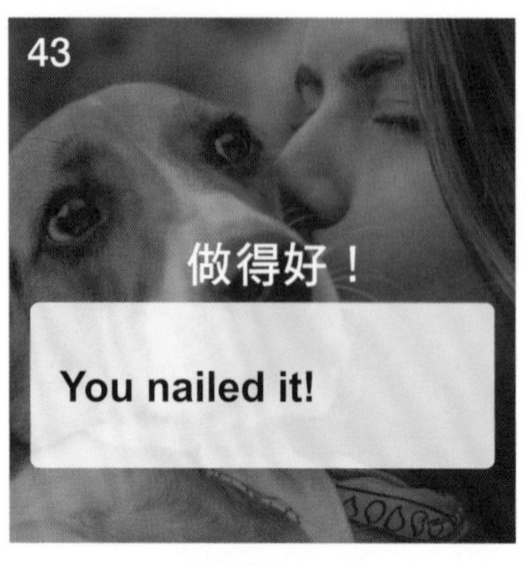
43
做得好！
You nailed it!

秘訣

a. nail : 太讚了

b. 這裡的 it 是指對方做得非常好的事。

例 朋友唱歌沒有走音時。

44
不要心情不好。
Don't take this the wrong way.

秘訣

a. take : 接受

b. 一聽到這句就有點心情不好。

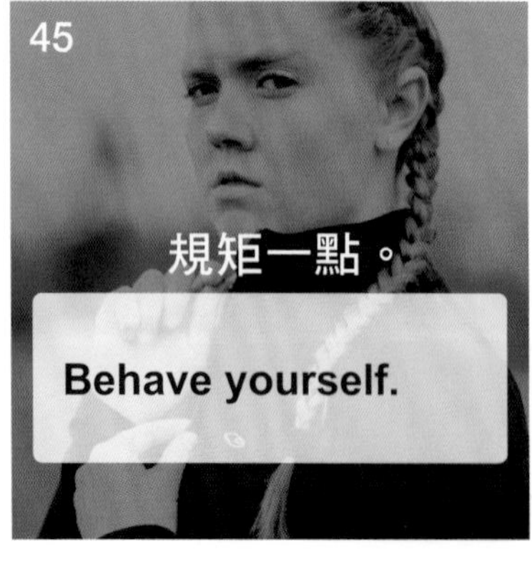
45
規矩一點。
Behave yourself.

秘訣

a. behave oneself : 有禮貌、規矩地行為舉止

例 孩子躺在餐廳地板時、對男友說自己不在時要守規矩。

46
你在我背後說閒話嗎？
Did you talk behind my back?

秘訣

a. talk behind someone's back : 在背後說~的閒話

b. 意思是「在誰的背後說話」。

47
冷靜點。
Chill out.

秘訣

a. 比 “Calm down.” 更偏向俚語。

例 對方挑釁時、有人在餐廳喧嘩時。

48
不要再遊手好閒了。
Stop messing around.

秘訣

a. mess around : 遊手好閒

b. “slack off” 也是類似的意思。

49
我只想消磨時間。
I'm just killing time.

秘訣

a. kill time：消磨時間

50
以後不要出爾反爾。
Don't flake out later.

秘訣

a. flake out : 最後一刻抽手。

例 答應一起做生意，但最後卻不見人影。

51
你真有膽 ！
You've got guts!

秘訣

a. 感覺像是把勇氣（bravery）改成膽子（guts）。

例 劈腿的男友正大光明找上門時。

52
談下一個話題吧！
Let's just move on.

秘訣

a. move on : 繼續前進
b. 用於想轉移話題時。

53
我嚇到了。
I was blown away.

秘訣

a. blow someone away : 使~感嘆
例 感嘆於音樂劇演員的演唱實力時。

54
從這裡開始我負責。
I'll take it from here.

秘訣

a. 這裡的 it 是指自己負責的事情。
例 前面的人發表完後，輪到自己時。

55
我不是故意的。
I didn’t mean it.

秘訣

a. mean：故意

b. 補充：I mean it. = 我是認真的。

56
只要你可以的話，
If it’s okay with you,

秘訣

a. 可以放在句子前面或後面。

例 If it's okay with you, I'd like to date you.
（只要你可以的話，我想和你約會。）

57
男人啊……
Men…

秘訣

a. 可用在表示失望或覺得可愛。

例 看到男人們對經過的女生盯著看時。

b. 補充：女人啊……
= Women…或 Girls……

58
男生就是這樣。
Boys will be boys.

秘訣

a. 這裡的 will 是指習慣。
b. 對標準的男生行為的評語。
例 看到男孩沉醉在玩車子時。

59
換個立場想。
Put yourself in my shoes.

秘訣

a. 意思是「你得先穿我的鞋子看看才知道大小」。

60
你被抓個正著了。
You're busted.

秘訣

a. busted : 被發覺
b. 比 caught 更偏向俚語。

61
我笑翻了！
I cracked up!

秘訣

a. crack up：突然哈哈大笑。

b. 使別人哈哈大笑是 crack someone up。

62
我再告訴你情況。
I'll keep you posted.

秘訣

a. keep someone posted：持續告訴某人狀況的變化。

例 用於可能會臨時有事，因此無法給予確定的約定時間。

63
棒極了的！
That's sick!

秘訣

a. sick：棒極了的

b. 比 awesome / cool 偏向俚語，是更強烈的表現。

64
這太低劣了。
That's low

秘訣

a. 對不道德+卑劣的+不正當的行動表示責難時。

例 對打女生的男生說
"You hit a girl? That's so low, man."
（你打了女生？真是太卑劣了。）

65
這個太相配了。
It looks too matchy-matchy.

秘訣

a. 從 match（使相配）來的新造詞。

例 Do you think this is too matchy-matchy?
（你覺得這個非常相配嗎？）

66
是美德。
Patience is a virtue.

秘訣

a. 口語中少數受歡迎的古老俗語。

b. 如字面上的意思：「耐心（patience）是美德（virtue）」。

67
這個性價比很高。
This is the best bang for the buck.

秘訣

a. 付出的錢（buck）與得到的價值、結果（bang）的對比。
b. 也可用 most 取代 best。

68
時機已失。
That ship has sailed.

秘訣

a. 直譯是船（ship）已經出航（has sailed）了。
b. 使用頻率有減少的趨勢。

69
表情怎麼這樣？
Why the long face?

秘訣

a. long face：哭喪著臉
b. 因為無精打采而拉長著臉。

70
不要拐彎抹角。
Don't beat around the bush.

秘訣

a. 意思是只在灌木（bush）周圍轉圈。

b. 補充：Just cut to the chase.（直接切入重點）

71
更糟的是…
To make matters worse,

秘訣

a. 口語中經常放在句子前面。

例 To make matters worse, her boyfriend showed up.
（更糟的是她男友來了。）

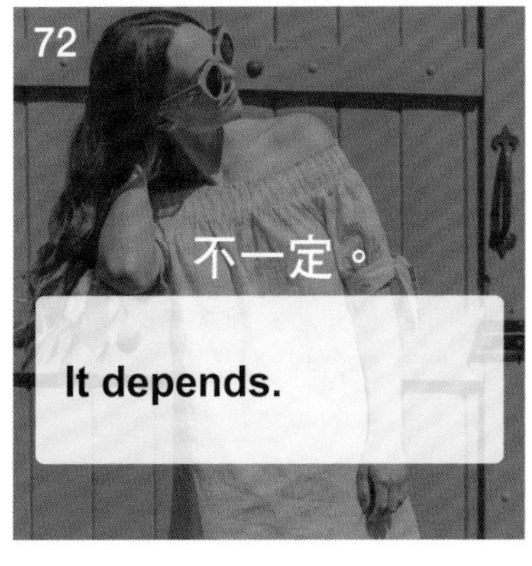
72
不一定。
It depends.

秘訣

a. depend（依靠）後面沒有說依靠什麼，表示每個時候都不相同。

73
算我一個。
Count me in.

秘訣

a. 直譯：加我一個人頭。

例 朋友們一起團購時。

74
真是笨！
Duh!

秘訣

a. 對荒唐的失誤感到無言以對時。

b. 也經常用在自己的失誤。

例 戴著眼鏡找了眼鏡 30 分鐘。

75
這是我一生中最愛的電影。
This is my all-time favorite movie.

秘訣

a. all-time favorite後面加名詞，就有「一生中的（名詞）」的感覺。

例 This is my all-time favorite song.
（這是我一生中最愛的歌。）

MP3/121

76
I don't want to be a
third wheel.

秘訣

a. a third wheel：不小心夾在情侶之間的人。

b. 這句的由來是奔馳的馬車不需要第三個輪胎。

77
我只是和你開玩笑。
I'm just playing with you.

秘訣

a. I'm just kidding. 較常被使用。

b. 也可以用 "I'm just messing with you."

78
適可而止。
Don't cross the line.

秘訣

a. 用於對方要越線時。

例 朋友在吵架時罵自己的家人、不熟悉的男生想靠近自己時。

79
別上當！
Don’t fall for that!

秘訣

a. fall for：上了~當

b. 即使知道 trick（欺騙）與 lie（說謊），但知道 fall for（上當）的人更少。

80
whatever.
隨便你吧！
Whatever you say.

秘訣

a. Whatever you say（不管你說什麼）暗示了” I don't care（我不在乎）”

b. 可用來嘲諷或表示同意。

81
對他好一點。
Go easy on him.

秘訣

a. go easy on ：對~好一點

例（對新人好一點。）

b. go hard on：對~兇一點

82
這是女生的事。
It's a girl thing.

秘訣

a. 用於當男生想介入女生們的聊天時。

b. 參考：It's a man thing.（這是男生的事。）

83
她我要了！
I have dibs on her!

秘訣

a. have dibs on：宣示所有權~

例 I have dibs on the last slice.（最後一片我要了。）

84
讓我看看你的實力！
Show me what you've got!

秘訣

a. 直譯：讓我看看你擁有的。

b. 補充：Is that all you've got?（你只有這點實力嗎？）

85
放馬過來！
Bring it on!

秘訣

a. 用於回應對方的挑釁或挑戰。

例 A : You wanna bet?
（你要打賭嗎？）
B : Sure! Bring it on!
（當然！放馬過來！）

86
我認同你說的。
I can relate to what you're saying.

秘訣

a. relate to : 認同~

例 I can't relate to Julian's story.
（我不認同 Julian 的話。）

87
你來判斷。
You be the judge

秘訣

a. 不是指「你來當法官」。

例 讓某人判斷誰說真話。

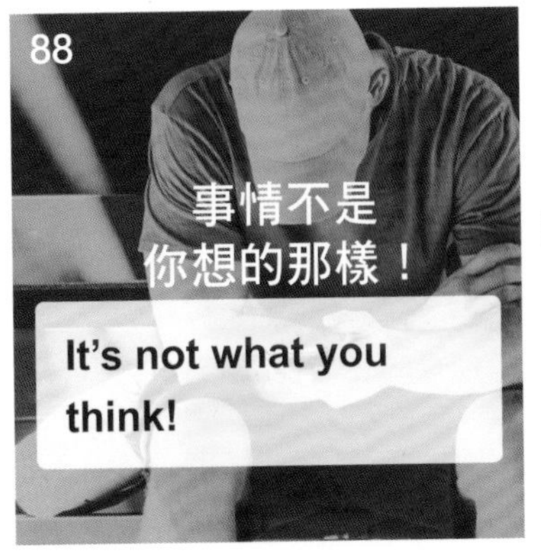
88
事情不是
你想的那樣！
It's not what you think!

秘訣

a. 別再使用像 “It's a misunderstanding!” 這樣僵硬的句子了。

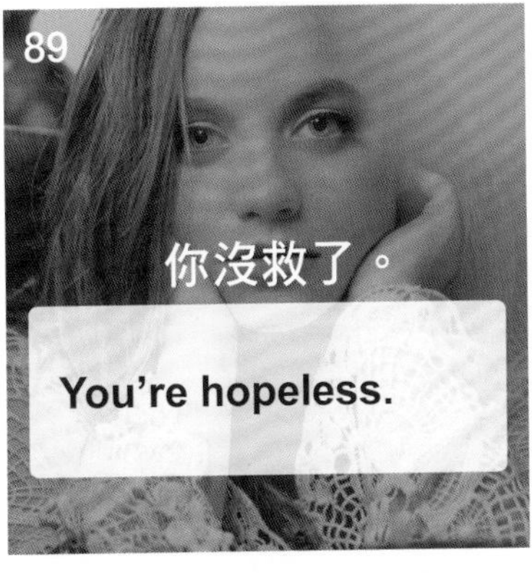
89
你沒救了。
You're hopeless.

秘訣

a. 就算想幫忙也因為狀態不好而沒有希望。

例 回應不管怎麼介紹對象也不成功的朋友。

90
世上就是如此。
That's just the way it is.

秘訣

a. 有「無可奈何」的感覺。

例 回應感嘆世界不公平的朋友。

91
誰罵誰是笨蛋？
Who's calling who stupid?

秘訣

a. Who's calling who +
（名詞/形容詞）？
= 誰說誰是（名詞）？/
是（形容詞）？

例 Who's calling who a traitor?
（誰說誰是背叛者？）

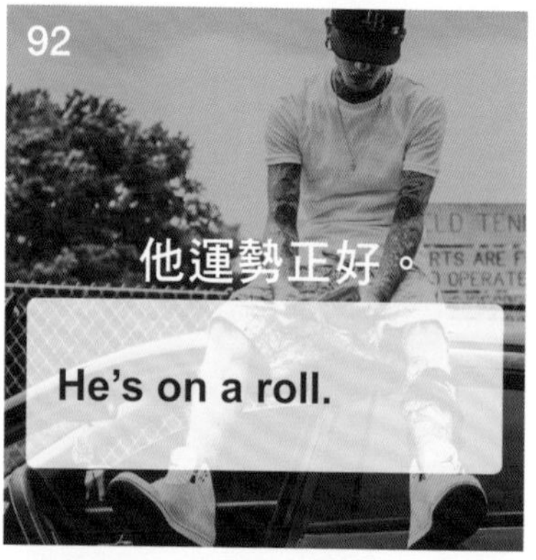
92
他運勢正好。
He's on a roll.

秘訣

a. 表示運勢正好。

例 朋友升職那天中了彩券又交了女友。

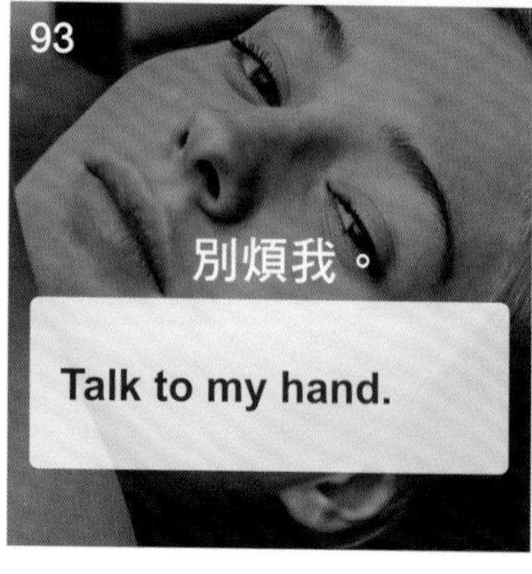
93
別煩我。
Talk to my hand.

秘訣

a. 大致上是女生們開玩笑時說的話。

例 男性朋友提議一起約會一次時。

MP3/124

94
振作一點！
Pull yourself together.

秘訣

a. 意思是讓人控制感情、沉著行動。

例 教練訓斥失誤的選手。

95
饒了我吧。
Cut me some slack.

秘訣

a. 與 "Give me a break." 類似。

例 昨天加班，卻被上司唸打瞌睡時。

96
久久才一次。
You call me once in a blue moon.

秘訣

a. once in a blue moon : 非常罕見

例 My son calls me once in a blue moon.
（我兒子非常少打電話來。）

97
睜眼說瞎話！
You lied to my face!

팁

a. Lie to someone's face：對~睜眼說瞎話。
b. 直譯：你在我面前說謊。

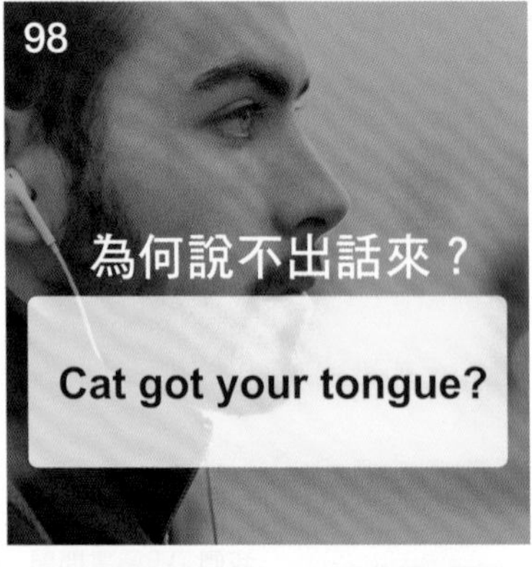
98
為何說不出話來？
Cat got your tongue?

팁

a. 用於追問啞口無言的對方。
例 追問是否有男友時。

99
你惹錯人了。
You're messing with the wrong person.

팁

a. mess with ：招惹~、開玩笑
b. 直譯：你招惹到錯誤的人了。

每天使用頻率破億次！一般人最常錯的英語會話就要這樣說！

作　　者：Eugene G. Baek
譯　　者：陳盈之
企劃編輯：王建賀
文字編輯：江雅鈴
設計裝幀：張寶莉
發 行 人：廖文良

發 行 所：碁峰資訊股份有限公司
地　　址：台北市南港區三重路 66 號 7 樓之 6
電　　話：(02)2788-2408
傳　　真：(02)8192-4433
網　　站：www.gotop.com.tw
書　　號：ALE002800
版　　次：2019 年 08 月初版
建議售價：NT$299

國家圖書館出版品預行編目資料

每天使用頻率破億次！一般人最常錯的英語會話就要這樣說！/ Eugene G. Baek 原著；陳盈之譯. -- 初版. -- 臺北市：碁峰資訊, 2019.08
面；　公分
ISBN 978-986-502-188-7(平裝)
1.英語　2.會話
805.188　　108010417

讀者服務

- 感謝您購買碁峰圖書，如果您對本書的內容或表達上有不清楚的地方或其他建議，請至碁峰網站：「聯絡我們」\「圖書問題」留下您所購買之書籍及問題。（請註明購買書籍之書號及書名，以及問題頁數，以便能儘快為您處理）
http://www.gotop.com.tw
- 售後服務僅限書籍本身內容，若是軟、硬體問題，請您直接與軟、硬體廠商聯絡。
- 若於購買書籍後發現有破損、缺頁、裝訂錯誤之問題，請直接將書寄回更換，並註明您的姓名、連絡電話及地址，將有專人與您連絡補寄商品。